Bianca™

Carole Mortimer

Chantaje emocional

HARLEQUIN™

Editado por HARLEQUIN IBÉRICA, S.A.
Núñez de Balboa, 56
28001 Madrid

Chantaje emocional, n.º 2350 - 19.11.14
Título original: Bride by Blackmail
Publicada originalmente por Mills & Boon®, Ltd., Londres.
Este título fue publicado originalmente en español en 2004

I.S.B.N.: 978-84-687-4750-7
Depósito legal: M-24147-2014
Editor responsable: Luis Pugni
Impresión en CPI (Barcelona)
Fecha impresion para Argentina: 18.5.15
Distribuidor exclusivo para España: LOGISTA
Distribuidor para México: CODIPLYRSA
Distribuidores para Argentina: interior, BERTRAN, S.A.C. Vélez Sársfield, 1950. Cap. Fed./ Buenos Aires y Gran Buenos Aires, VACCARO SÁNCHEZ y Cía, S.A.

Capítulo 1

NO ME habías dicho que tus padres tenían otros huéspedes en casa este fin de semana –comentó Georgie a su novio con curiosidad mientras se acercaban a la casa.

Un pequeño coche deportivo de color rojo delataba la presencia de Sukie, la hermana mayor de Andrew, que rara vez visitaba a sus padres, pero, además, había otro coche aparcado al lado del todoterreno de Gerald Lawson: un precioso Jaguar plateado. El que solo pudiera transportar a dos personas hizo pensar a Georgie que no podrían haber llegado muchos invitados. Se alegró, porque no hacía demasiado que conocía a la familia de su prometido y le parecían suficientes de momento. La componían sir Gerald, lady Annabelle Lawson y Suzanna Lawson, a quien la familia y los amigos llamaban Sukie. Sir Gerald se había retirado de la política al cumplir los cincuenta, y había sido nombrado caballero hacía dos años. Sukie trabajaba como modelo.

–No tenía ni idea –se disculpó Andrew ante el comentario de Georgie–. Puede que sea algún amigo de Sukie –se lamentó.

Las vidas de los dos hermanos no podían ser más opuestas: Andrew era un serio abogado de éxito y Sukie una modelo con una vida y unos amigos bastante bohemios, por lo que no se llevaban demasiado bien.

–Alguien a quien le va bien en la vida, a juzgar por el coche que conduce –dijo Andrew al tiempo que aparcaba su BMV negro al lado del Jaguar.

Georgie se bajó del coche, y la gravilla del aparcamiento hizo ruido bajo sus zapatos planos marrones a juego con un vestido del mismo color que le llegaba por la rodilla. Había escogido aquel atuendo tan serio porque su llegada a la casa coincidía con la hora de la cena. Alta y delgada, Georgie llevaba el pelo de un tono rojizo muy corto y con algunos pelillos que le caían sobre la frente y las sienes para hacer más desenfadado un corte de estilo tan severo. Tenía los ojos verdes y la nariz pequeña y pecosa. Solo se había maquillado sus labios carnosos con un ligero tono melocotón, y la decisión con que levantaba la barbilla delataba, según su abuelo, un carácter bastante testarudo oculto bajo una sonrisa inocente.

Nada más pensar en su abuelo, la sonrisa de Georgie se desvaneció de sus labios y frunció el ceño. El recuerdo de su abuelo era la única sombra en su vida. Por lo demás, le iba todo de maravilla. Estaba prometida con el dulce Andrew, y acababa de publicar su primer libro para niños, que parecía venderse bastante bien. Además, tenía su propio apartamento decorado y amueblado a su gusto.

–¿Estás bien, cariño? –le preguntó Andrew, que ya había sacado el equipaje del maletero y la esperaba a la puerta de la casa.

–Perfectamente –le aseguró Georgie, sacudiéndose de encima la nube que el recuerdo de su abuelo había colocado sobre su cabeza. Sonrió con cariño a Andrew, y se agarró de su brazo.

Andrew tenía veintisiete años y medía uno ochenta de estatura. Tenía un rostro juvenil; su pelo rubio la mayor parte de las veces le caía de forma simpática sobre sus ojos azules. Para mantenerse en forma le bastaba jugar al bádminton un par de veces por semana en el gimnasio que frecuentaba. Era socio júnior de un bufete de abogados, y no debía su éxito a ser el hijo de sir Gerald Lawson, sino a la calidad de su trabajo.

Andrew tenía todas las cualidades que Georgie requería para su futuro marido: era muy educado, considerado, cariñoso y, sobre todo, se alteraba en raras ocasiones. Todo lo contrario a...

–Stop –murmuró para sí, al darse cuenta de que estaba recordando a su exmarido. Ya había tenido bastante con el desagradable recuerdo de su abuelo.

–Sus padres y la señorita Sukie están en el salón –dijo el mayordomo al tiempo que recogía el equipaje que traía Andrew.

–¡Andrew! –le recibió con cariño lady Annabelle cuando entraron en el salón.

La dama se levantó, y fue a abrazar a su hijo. Era menuda y rubia. Muy hermosa aún a pesar de estar en los cincuenta.

Sir Gerald Lawson se levantó también, y besó a Georgie ligeramente en la mejilla antes de estrechar la mano de su hijo calurosamente.

A Georgie le había resultado fácil desde el primer momento llevarse bien con sir Gerald, porque era como Andrew, pero con muchos más años encima. No estaba tan segura de llevarse bien con Annabelle, a pesar de que la dama también se acercó a ella y la besó en la mejilla. Aunque siempre era muy amable con ella, notaba en Annabelle una cierta frialdad, que achacaba al hecho de que Andrew era su único hijo varón y además el pequeño de la familia, por lo tanto quería lo mejor para él. Georgie sabía que debía convencerla de que eso era ella.

–¡Verdad que hace una noche estupenda! –dijo Gerald con entusiasmo mientras servía unas copitas de sherry–. Incluso hace bueno para cenar fuera.

–No seas provinciano, Gerald –le reprochó Annabelle con suavidad–. Además tenemos invitados –le recordó.

Andrew guiñó el ojo con complicidad a Georgie antes de hablar a su madre.

–He visto el coche de Sukie en la puerta. ¿Dónde se esconde?

–¿Otra vez estás pronunciando mi nombre en vano, hermanito? –le preguntó Sukie, que venía del invernadero, situado al lado del salón.

Sukie se parecía mucho a su madre, pero era tan alta como su padre. Era un año mayor que Andrew y sus ojos azules reflejaban la dureza de su carácter. Llevaba puesto un vestido corto de color azul que ponía de relieve la esbeltez de su figura y sobre todo de sus piernas. Georgie no estaba muy segura de cómo le caía a aquel miembro de la familia.

–No tenía ni idea de que te interesaran las flores, Sukie –bromeó Andrew con su hermana mientras ella se acercaba a darle un beso en la mejilla.

–Solo las que me traen de la floristería, querido –le respondió con desdén–. Estaba enseñándole la casa a nuestro invitado.

Georgie dio un respingo cuando el invitado entró en el salón, detrás de Sukie. Se le quedó helada la sonrisa en los labios, y por un momento pensó que había dejado de respirar. Aquello no era solo una nube negra, sino un huracán.

¡Un huracán llamado Jed Lord!

Unos ojos grises impenetrables la miraron desde el otro lado del salón. Georgie notó que se había dado cuenta del impacto que le había causado su repentina aparición, sin embargo él parecía tan tranquilo, lo que le hizo pensar que Jed ya sabía que iba a encontrarla allí aquella noche.

Tendría unos treinta y cinco años y medía más de uno ochenta. Llevaba puesto un traje de buen corte que dejaba bien a la vista que quien lo llevaba poseía una personalidad muy fuerte. Tenía el pelo negro, y la forma escrutadora con que miraban sus ojos grises dejaba traslucir la dureza de su carácter. Sus labios esculpidos esbozaban una sonrisa burlona en aquel momento.

Georgie, que había esperado no volverlo a ver, estaba atónita por lo inesperado de aquel encuentro, y segura de que Jed había estado al tanto.

Por un momento, se preguntó si lo habrían invitado los padres de Andrew pero, al ver cómo lo miraba Sukie, se dio cuenta de que había venido con ella. No le extrañó. Jed siempre había resultado muy atractivo para las mujeres.

–Jed, ven que te presente al resto de la familia –le dijo Gerald, animándolo a que se uniera a ellos–. Jed Lord, te presento a mi hijo Andrew y a su prometida Georgina Jones. Aunque todos la llamamos Georgie –explicó con cariño.

–Andrew –dijo Jed, y se acercó a estrechar la mano del joven.

Georgie se dio cuenta de que estaba conteniendo la respiración cuando lo vio dirigirse a ella. No tenía ni idea de lo que iba a suceder en los próximos minutos. Se preguntó, asustada, si Jed admitiría conocerla, o si se comportaría como si no se conocieran de nada.

–Georgina –la saludó Jed con voz profunda, al acercarse a ella.

Georgie se quedó mirando aquella mano tan masculina, y se preguntó cómo iba a estrecharla si ni siquiera quería tocarla.

–¿O puedo llamarte Georgie? –le preguntó de repente, sin dejar de mirarla fijamente con sus impenetrables ojos grises.

–Por supuesto –respondió Georgina cuando consiguió reaccionar. Se limitó a rozar sus dedos con los de Jed, y sintió un escalofrío que le recorrió toda la columna, y continuó incluso cuando ya había soltado la mano masculina. Aquel ligero roce la había hecho darse cuenta de que todavía no podía soportar estar cerca de aquel hombre.

–La cena está servida –anunció el mayordomo.

–Gracias Bancroft –le dijo sir Gerald con jovialidad–. ¿Vamos al comedor? –sugirió a sus invitados.

Georgie pensó que no sería capaz de probar bocado sentada a la misma mesa que Jed Lord, pero sabía que no le quedaba más remedio que hacerlo. Se preguntó con curiosidad qué razones tendría Jed para no haber declarado que la conocía. Porque estaba segura de que tales razones existían. Sabía que no hacía nada a la ligera.

–¿Puedo? –le dijo Gerald, ofreciéndose a escoltarla hasta la mesa.

–Gracias –respondió, feliz de que no fuera Jed el que la acompañara.

Andrew acompañó a su madre, y Sukie se apresuró a colgarse del brazo de Jed Lord.

Mientras se dirigían al comedor, Georgie sintió la mirada de Jed quemándole la espalda. Aquella enigmática mirada que podía dejarla congelada con su frialdad, o abrasada por el deseo.

Georgie había estado deseando pasar aquel fin de semana con los Lawson en su casa de campo, pero la presencia de Jed lo había convertido en una pesadilla de la que no sabía si lograría despertar.

Para empeorar las cosas, Jed se sentó frente a ella en la mesa oval aunque, tal vez prefiriera eso a que se hubiera sentado a su lado. No pudo evitar pensar que lo mejor habría sido que no estuviera allí.

Lo miró con disimulo mientras les servían el primer plato. No había cambiado mucho desde hacía un año, última vez en que lo había visto. Tal vez tenía alguna arruga más en los ojos o alrededor de la boca y el pelo algo más canoso en las sienes, lo que le hacía aún más atractivo.

–¿No te gusta el salmón, Georgie? –le preguntó Jed con suavidad–. No estás comiendo nada.

Georgie se puso muy roja al notar que era el centro de atención de todos. Le bastó una mirada a Jed para darse cuenta, por su cara de satisfacción, de que era lo que había querido hacer y lo había conseguido. Estaba disfrutando mucho a su costa.

–La verdad, señor Lord, es que me encanta el salmón –le dijo con la mejor de sus sonrisas fingidas, y se puso a comer.

–Por favor, llámame Jed –le pidió él con sequedad.

–Es un nombre poco común –comentó Annabelle.

–La verdad es que sí –corroboró Georgie–. Debe de ser el diminutivo de algo... –afirmó mirando retadora a Jed.

La mirada de Jed se endureció y su boca se torció en una mueca.

–De Jeremiah –se limitó a decir.

–¡Dios mío! –exclamó Georgie riendo–. No me extraña que prefieras Jed.

–Georgie, estás siendo poco amable con nuestro invitado –le recriminó Annabelle Lawson.

–La verdad, Annabelle –dijo Jed, dirigiendo una sonrisa forzada a su anfitriona–, es que estoy totalmente de acuerdo con Georgie.

–No quería incomodarte –le dijo ella, aunque estaba segura de que a Jed no se le pasaría por alto su tono burlón–. Se trataba de un simple comentario sobre los nombres que algunos padres les ponen a sus hijos sin pensar, tal vez, que son para toda la vida.

–El tuyo es uno de ellos, por ejemplo –le dijo Jed con suavidad.

–Tienes razón –no tuvo más remedio que decir Georgie. No había olvidado que Jed siempre tenía que decir la última palabra–. Me lo pusieron por mi abuelo.

Jed levantó las cejas.

–¿Tienes un abuelo llamado Georgina?

–Yo...

Georgina trató de replicar, pero se lo impidió la risa de Sukie, que estaba sentada al lado de Jed. La joven parecía no poder parar de reír, a pesar de lo poco gracioso que le parecía a Georgie el comentario.

–Creo que te lo has buscado, cariño –le dijo

Andrew, apretando la mano de su prometida con ternura.

Georgie pensó que podía tener razón, pero seguía sin encontrarle la gracia al comentario.

De repente, se dio cuenta de que Jed no dejaba de mirar con el ceño fruncido la mano que Andrew tenía puesta sobre la suya.

–La esmeralda de tu anillo de prometida es del mismo color de tus ojos –comentó Jed, de repente.

Georgie pensó que era el mismo comentario que había hecho Andrew el día en que habían elegido el anillo. Pero estaba segura de que en el de Jed no había ni un ápice de romanticismo. Aunque nadie más se diera cuenta, ella detectaba un tono acusador.

–¿Cuándo es la boda? –preguntó Jed, mirando a Georgie.

–En Semana Santa.

–Todavía falta mucho tiempo –comentó con un tono enigmático.

Georgie lo miró con dureza, y se preguntó qué habría querido decir con aquello exactamente. A pesar de que la expresión de su rostro permanecía impasible, Georgie sabía que había querido decir algo. Jed era hombre de pocas palabras, pero cuando hablaba no lo hacía en vano.

–Estamos deseando que llegue Semana Santa –dijo Andrew, apretando la mano de Georgie–. ¿Estás casado, Jed? –le preguntó con interés.

Georgie se dio cuenta, de repente, de que estaba aguantando la respiración mientras aguardaba la respuesta de Jed.

–Ya no –dijo con la boca apretada–. Hace poco que entré en las estadísticas de los hombres divorciados –dijo con sentido del humor.

–¡Qué lástima! –intervino Annabelle.

Jed sonrió a la dama.

–Gracias por tu apoyo, Annabelle, pero no creo que mi exesposa piense lo mismo. Fue ella quien pidió el divorcio –añadió con cierta amargura.

–¡Qué mujer tan idiota! –comentó Sukie con voz ronca mientras miraba a Jed de manera invitadora con los ojos entornados.

–No, en absoluto –dijo Jed, y tomó un sorbo del vino blanco que acompañaba al salmón–. Las razones para el divorcio fueron las habituales... ¡mi esposa me comprendía! –dijo con sorna.

–¿No debería ser que no te comprendía? –preguntó Annabelle, atónita, y nada contenta con el tema de conversación que había surgido en la cena.

–No, Annabelle, te aseguro que me he expresado correctamente –replicó Jed.

Sukie se echó a reír.

–¿Es que eras un chico muy malo? –le preguntó divertida.

Jed se encogió de hombros.

–Eso debió de pensar mi mujer. De lo contrario, no se habría divorciado de mí.

–Come un poco más de salmón, Jed –lo animó Annabelle–. Tengo entendido que has pasado una temporada en Norteamérica recientemente. Cuéntanos algo.

Georgie se dio cuenta de que Annabelle daba por terminada la conversación del divorcio. Georgie se alegró mucho, porque estaba segura de que si Jed hubiera vuelto a referirse de nuevo a la esposa que se había divorciado de él porque lo comprendía no habría podido evitar levantarse de la mesa y golpearlo, porque hasta tan solo hacía seis meses, ¡ella había sido su esposa!

Capítulo 2

ESTUVISTE muy callada durante toda la cena, cariño. ¿Te encuentras bien? –le preguntó Andrew una vez que el grupo se había trasladado ya al salón para tomar el café y los licores.

Georgie se acercó más a su novio en el sofá donde estaban sentados, y trató por todos los medios de no mirar hacia donde estaban Jed y Sukie conversando en voz baja.

–Me encuentro bien –respondió Georgie–. Solo me duele un poco la cabeza. Estoy segura de que lo único que necesito es dormir bien esta noche –añadió, aunque con Jed en la misma casa no estaba segura de poder conseguirlo.

–¿Qué opinas de Jed Lord? –le preguntó Andrew, de repente.

Georgie pensó que si le decía a su novio lo que de verdad pensaba de Jed Lord, se quedaría muy sorprendido. Sin embargo había llegado a la conclusión de que después de aquella noche tendría que hablarle de él en un futuro próximo.

Durante sus cinco meses de noviazgo, Georgie había estado evitando decirle a Andrew que, aunque solo tenía veintitrés años, ya se había divorciado una vez. Se preguntó cuáles serían las razones que había tenido Jed para no delatarla en la mesa.

–¿Opinar de él? ¿En qué sentido? –preguntó a Andrew alegremente.

–En todos los sentidos. Sukie parece encontrarlo fascinante... y a mi hermana mayor no se la impresiona con facilidad.

Georgie pensó que Sukie no lo conocía igual que ella, y que por eso le impresionaba su tremendo atractivo y la seguridad en sí mismo que mostraba. Lo mismo le había pasado a ella una vez.

Georgie evitó dar una respuesta directa a la pregunta de Andrew.

–Si no le pareciera fascinante, no creo que lo hubiera traído aquí este fin de semana.

–No, Lord no ha venido con Sukie. Mi padre me ha dicho que es un conocido suyo del mundo de los negocios –le confió Andrew.

Georgie miró a Jed con el ceño fruncido, y recordó que Gerald Lawson había regresado a sus antiguos negocios tras retirarse de la política. Pero, que ella supiera, dichos negocios no incluían hoteles, que era a lo que se dedicaba la familia de Jed.

–¿Ah, sí? Pues entonces se ve que Sukie trabaja deprisa –comentó Georgie, al ver la manera en que coqueteaba con Jed.

–Está perdiendo el tiempo con un hombre como Jed –comentó Andrew.

Georgie lo miró con curiosidad.

–¿Qué es lo que quieres decir?

–Tengo entendido que ese hombre acaba de salir de una relación sentimental desastrosa, así que no creo que esté dispuesto a embarcarse en otra. Además, no es muy difícil ver que mi hermana es una mujer conflictiva que le puede traer muchos problemas.

–Pues a mí no me da la impresión de que sea un hombre que huya de los problemas –afirmó Georgie, que sabía muy bien que no lo era–. Además –se volvió hacia él con una sonrisa pícara, decidida a terminar lo antes posible aquella conversación sobre Jed–, ¿cuándo te has convertido en un experto en hombres con experiencia?

Andrew sonrió.

–Tengo veintisiete años, Georgie, no siete.

Aquello era lo que le gustaba a Georgie de Andrew. Se sentía libre para decir lo que pensaba en cada momento porque era muy difícil que su prometido se enfadara por un comentario que le hiciera. Era una persona con la que se convivía fácilmente, y se sentía muy relajada en su compañía. Algo que no había conseguido nunca con Jed.

Frunció el ceño al recordar lo que había sentido cuando Jed había rozado sus dedos al ser presentados. Tras seis meses de divorcio, creía haberse desligado emocionalmente de él por completo, pero aquel día se había dado cuenta, muy a su pesar, de que no era así.

–Solo bromeaba, Georgie –afirmó Andrew–.

Nunca he fingido ser un inocente, pero, la verdad, es que tampoco me considero un hombre con experiencia en asuntos amorosos. He estado demasiado ocupado labrándome un futuro para tener tiempo de otras cosas.

–No te importa que la boda sea en Semana Santa, ¿verdad? –le preguntó Georgie, que había sido quien había tomado la decisión de esperar.

Quería estar segura de no volver a cometer otro error en su vida. Aunque confiaba casi por completo en que Andrew nunca le fallaría. Además, no quería volver a casarse en Navidades como había hecho con Jed. Todavía se ponía mala al pensar en lo joven, inocente y confiada que había sido entonces. Una verdadera idiota.

–Será bonito celebrar la boda en Semana Santa –le dijo Andrew, mientras la abrazaba.

–Espero que no os moleste la interrupción, tortolitos –oyeron decir, de repente, a una voz familiar.

Georgie se puso muy rígida al oír la voz de Jed. De repente, se dio cuenta de que él y Sukie estaban al lado del sofá en que se encontraba sentada con Andrew. Sukie parecía tan contrariada como ella por estar allí, así que Georgie dedujo que había sido idea de Jed desplazarse hasta donde ellos estaban.

Lo miró desafiante, y no consiguió entender por qué parecía mirarla tan contrariado después de referirse a ellos como «tortolitos». No era problema suyo a quién dedicara ella sus gestos cariñosos. Además, Andrew era su prometido, el hombre con el que iba a casarse.

–No os preocupéis –respondió con suavidad, y se levantó del sofá. No quería dar ninguna ventaja a Jed.

Andrew se levantó también, y la mantuvo sujeta ligeramente por la cintura.

–Mi padre me ha dicho que tu familia y tú os dedicáis a los hoteles –dijo Andrew con educado interés.

–Sí –respondió Jed bruscamente, sin dejar de mirar a Georgie.

Georgie sabía que a Jed nunca le había preocupado lo que pensaran los demás, pero estaba sintiéndose cada vez más incómoda porque no dejaba de mirarla. Si seguía comportándose así, alguien de la familia Lawson, seguramente la perspicaz Sukie, acabaría dándose cuenta de que se conocían de antes.

–Debe de ser un negocio muy interesante –apuntó Georgie, advirtiendo con los ojos a Jed que dejara de mirarla de aquel modo.

–Puede serlo –respondió con frialdad.

Georgie pensó que aquello era como tratar de sacar sangre de una piedra o como tratar de encontrarle corazón a esa piedra...

–Me han dicho que eres escritora, Georgie –dijo Jed con suavidad.

–Sí –le confirmó ella con desconfianza.

–¿Encontraré alguno de tus libros en las librerías?

–No lo creo, a no ser que estés buscando libros para niños –le respondió Georgie.

Se preguntó adónde exactamente les estaría llevando aquella conversación. Si es que iba a algún sitio.

Estaba segura de que Jed ya sabía que el libro que había publicado era para niños, lo que no entendía era cómo lo había averiguado, porque en los últimos meses de su matrimonio solo se habían comunicado a través de sus abogados, y Georgie había evitado ver a amigos comunes.

–Me temo que no es una literatura que me interese personalmente. De todos modos es un trabajo bastante extraño –añadió con suavidad.

–¿Qué es lo que tiene de extraño? –preguntó Georgie a la defensiva.

Jed se encogió de hombros.

–Tal vez piense así, porque nunca había conocido a un escritor hasta ahora.

Georgie pensó que no era eso lo que había querido decir, pero solo ellos dos lo sabían.

–Yo estoy muy orgulloso de Georgie –dijo Andrew, apretándola contra sí con una sonrisa.

–¿Y tú, Georgie? ¿Estás orgullosa de tus logros?

–Por supuesto –respondió ella, muy rígida.

–¿Es algo que siempre habías querido hacer?

–¿Te apetece tomar otro brandy, Jed? –sugirió Sukie, que no estaba nada contenta de que la conversación se hubiera centrado en Georgie.

–No, gracias –dijo Jed, sin ni siquiera mirar a

Sukie–. ¿Siempre habías deseado ser escritora, Georgie?

Georgie lo miró con los ojos entornados. No entendía a qué venía aquella pregunta cuando sabía perfectamente que hasta que se divorciaron su única ambición había sido ejercer como su esposa.

–Siempre había sabido que quería ser algo, y he tenido la suerte de encontrar una profesión que no solo me gusta, sino que además, por lo menos un editor piensa que se me da bien.

–¿Qué te parece tener una futura esposa trabajadora, Andrew? –preguntó con cierta sorna mirando al joven.

–Me parece muy bien –le respondió Andrew, asombrado por la pregunta–. La mayor parte de las mujeres de hoy en día trabajan para ser algo más que esposas.

–¿Ah, sí? –preguntó Jed.

–Por supuesto que sí, Jed –intervino Sukie con suavidad, enlazando su brazo con el de él–. Tal vez fuera esa manera tuya de pensar la que hizo fracasar tu matrimonio –añadió en broma.

Jed siguió mirando a Georgie unos minutos, y después se volvió hacia Sukie.

–Tal vez se tratara de eso. Aunque según mi mujer fueron pocas las cosas que hice bien.

–Exmujer –se oyó corregir Georgie, y notó que enrojecía.

–Tienes razón –le dijo Jed con una sonrisa burlona.

–¿Piensas quedarte todo el fin de semana? –le

preguntó Georgie para cambiar de tema–. Es una zona preciosa, y estoy segura de que a Sukie le encantará enseñártela –dijo, y recibió una sonrisa de agradecimiento por parte de su futura cuñada.

–Desde luego es una zona preciosa, pero por desgracia me tengo que marchar mañana por la mañana.

Georgie tuvo que hacer un esfuerzo por ocultar su alegría ante lo que acababa de oír.

–¡Qué lástima! –exclamó solo por educación.

–¿Te lo parece? –le preguntó Jed con la misma falsedad y una sonrisa sardónica.

Georgie respiró profundamente. Sabía que si seguían comportándose así suscitarían las sospechas de todos. Aquella batalla verbal tenía que terminar de inmediato.

–Cariño, ¿qué te parece si presentamos nuestras excusas a tus padres y nos retiramos? –dijo, dirigiéndose a Andrew–. Creo que los dos hemos tenido una semana muy dura y necesitamos descansar.

–Espero que nos disculpes, Jed –le pidió Andrew con educación–. Ha sido un placer conocerte –le dijo, estrechándole la mano. Después, sujetó firmemente a Georgie por la cintura, y se encaminaron hacia donde sus padres se encontraban charlando.

–¿Que es un gran placer haberlo conocido? –murmuró Georgie cuando se alejaban.

Andrew le apretó la cintura, ligeramente.

–Ya te lo explicaré más tarde.

Tras haber presentado sus excusas a los padres de Andrew se dirigieron a la puerta. Georgie notó en todo momento la mirada de Jed clavada en su espalda. Pensó que no se sentiría relajada hasta que no salieran del salón, o mejor aún hasta que Jed Lord no abandonara la casa de los Lawson.

Una vez en el pasillo, Georgie se dio cuenta de que conseguía respirar con más facilidad.

–No te lo has pasado bien esta noche, ¿verdad? –le preguntó Andrew una vez en el pasillo.

–¿Por qué crees eso? –inquirió preocupada porque todo el mundo se hubiera dado cuenta al final de que había habido algo entre ella y Jed. No le extrañaría. Después de todo, no habían conversado como dos personas que acababan de ser presentadas.

Andrew se echó a reír.

–Sé perfectamente que no es fácil tratar con mi familia, como para encima haber tenido que soportar también a Jed Lord.

Georgie frunció el ceño.

–Hace unos minutos pensaba que ese hombre te caía bien.

Andrew sonrió.

–Esa era la impresión que quería dar.

Georgie estaba tan acostumbrada a la transparencia de Andrew, que le extrañó aquella actitud.

–Pero, ¿por qué?

Andrew se lo explicó mientras subían las escaleras.

–Mi padre posee un terreno que interesa al

grupo L&J para construir otro de sus hoteles. Has oído hablar de esa empresa, ¿verdad?

–Todo el mundo ha oído hablar de ellos –respondió Georgie.

–Bueno, pues mi padre está tratando de conseguir que le paguen una buena suma de dinero por ese terreno.

–Me alegro por él –dijo Georgie con excesiva vehemencia. Andrew se quedó mirándola sorprendido–. Aunque lo acabo de conocer, me parece que el señor Jeremiah Lord está acostumbrado a salirse siempre con la suya.

Andrew asintió.

–Da esa impresión, ¿verdad? Lo cierto es que al tratarlo uno casi puede sentir lástima por su pobre exmujer.

Georgie volvió a mirarlo con el ceño fruncido.

–¿Solo casi...?

–Bueno, ya te he dicho que no es mi tipo, pero me da la impresión, sobre todo al ver cómo se comporta Sukie con él, de que debe de resultarle bastante atractivo a las mujeres.

–A mí no me resulta nada atractivo –afirmó Georgie con vehemencia.

–Lo sé, cariño. La verdad es que habría resultado más políticamente correcto, sobre todo por el buen resultado de los negocios de mi padre, que no hubieras mostrado con tanta claridad cuánto te desagradaba ese hombre.

Georgie se quedó boquiabierta ante la acusación.

–No puedo comportarme de otro modo distinto a mi manera de ser. Actuar de forma agradable con un hombre que me cae mal...

–No te lo tomes tan en serio –le dijo Andrew que comprendió que había ido demasiado lejos–. Te quiero tal y como eres.

Georgie lo miró insegura en la penumbra del pasillo.

–Yo también te quiero, Andrew –afirmó sin mucho convencimiento.

–Eso es lo único que importa, ¿no te parece? –murmuró Andrew antes de besarla.

Al principio, se sintió un poco rígida recordando la falsedad con que se había comportado Andrew respecto a Jed, y cómo la había criticado a ella también por su manera de actuar, pero a medida en que Andrew la seguía besando, fue relajándose, y le correspondió con una pasión que casi bordeaba la desesperación. Lo último que deseaba en aquel momento era dudar de los sentimientos que Andrew y ella tenían el uno por el otro.

–¡Vaya! –murmuró Andrew unos minutos después, cuando dejaron de besarse–. Tal vez no deberíamos esperar hasta Semana Santa para casarnos.

Georgie se quedó pensativa. Por un lado quería casarse de inmediato con Andrew, pero por otro no conseguía olvidar el extraño comportamiento de su prometido hacia Jed, aunque solo hubiera sido para que salieran bien los negocios de su padre.

También sabía que el hecho de haber vuelto a

ver a Jed le había producido todas aquellas dudas sobre esperar o no a Semana Santa para casarse con Andrew.

–Si te lleva tanto tiempo pensarlo...

Georgie frunció el ceño. Le había parecido que Andrew se había enfadado.

–Solo estaba bromeando, Georgie –le aseguró al ver lo consternada que parecía la joven–. Me parece bien que nos casemos en Semana Santa. Por cierto, deberíamos empezar con los preparativos. Mi madre dice que lleva meses organizar una boda.

Georgie pensó que al estar divorciada, la boda no debería ser de tanto boato.

Tenía que hablar con él, pero no en aquel momento. Cuando terminara el fin de semana se sentarían juntos, y hablarían de su futuro y del tipo de boda que celebrarían. Tendría que decirle que no pensaba invitar a nadie de su propia familia.

Andrew sabía que sus padres habían muerto y que la había criado su abuelo, pero no habían hablado demasiado sobre ello. Georgie pensó que Andrew aceptaría sus deseos, pero no estaba tan segura de que Annabelle Lawson hiciera lo mismo, sobre todo si se enteraba de quién era su abuelo.

–Si estás seguro de que puedes esperar, todavía tenemos mucho tiempo para los preparativos –afirmó Georgie.

Andrew la miró preocupado.

–Espero que toda la conversación que hemos tenido hoy sobre el tema del divorcio no te haya quitado las ganas de casarte –le preguntó.

–En absoluto –dijo Georgie con firmeza–. Tú no tienes nada que ver con Jed Lord. No me extraña que su mujer quisiera marcharse de su lado.

Andrew la miró preocupado.

–No te cae nada bien, ¿verdad?

–No –aseguró Georgie. Para ella Jed era el tipo de hombre al que solo se podía odiar o querer, y ella tenía muy claro el sentimiento que la inspiraba.

–Bueno, con un poco de suerte no tendrás que volver a verlo –dijo Andrew–. No creo que mi padre tarde en darle una respuesta respecto a la venta de ese terreno.

Georgie lo miró preocupada.

–¿Va todo bien? Con tu padre, quiero decir –preguntó, tratando de encontrar una respuesta al extraño comportamiento que Andrew había tenido aquella noche respecto a Jed.

–Por supuesto –aseguró Andrew–. Bueno, ya es hora de que nos vayamos a la cama, señorita. Yo, por lo menos, estoy agotado –dijo, y lo corroboró con un bostezo involuntario–. Hasta mañana.

–Hasta mañana –se despidió Georgie con una sonrisa.

–No hace falta que nos levantemos muy temprano, ¿vale? –dijo Andrew con cansancio.

–Todo lo tarde que tú quieras –le aseguró Georgie, que se quedó pensando que con un poco de suerte, Jed ya se habría marchado para cuando se levantaran.

Capítulo 3

LAWSON no tiene ni idea de que has estado casada conmigo, ¿verdad?

Georgie se quedó petrificada al salir del baño que tenía en la habitación, y ver a Jed tumbado en su cama.

Sintió que una oleada de rabia se apoderaba de ella. No entendía cómo podía haberse atrevido a entrar en su dormitorio. Aunque, en realidad, debería recordar que Jed estaba acostumbrado a comportarse siempre como le venía en gana.

Georgie dio unos pasos dentro de la habitación, aliviada de haberse puesto el camisón y la bata tras ducharse.

–Sal de aquí –le dijo con frialdad.

Jed se movió.

–¿Cuándo vas a hablarle a Lawson sobre mí? Espero que antes de la boda –le dijo con tono burlón.

–No creo que sea asunto tuyo –le respondió Georgie con frialdad.

–¿Ah, no?

–No, y creo haberte dicho que te marcharas.

–Creo habértelo oído decir –afirmó Jed sin moverse aún–. ¿Estás esperando a Lawson?

Georgie se dio cuenta de la intensidad con que estaba mirándola, como si pudiera ver su cuerpo a través de la ropa de noche. Sintió que le invadía una oleada de calor.

–Vuelvo a decirte que no creo que sea asunto tuyo.

Jan se sentó en la cama.

–A lo mejor tú no lo crees, pero yo sí.

Georgie abrió mucho los ojos.

–Eres...

–Estás muy guapa, Georgie –le dijo mirándola lentamente de arriba abajo–. Pero que muy guapa –volvió a decir con admiración.

Para cuando aquella mirada acariciadora regresó a su rostro, Georgie lo tenía ya tan rojo como sus cabellos.

Se preguntó cómo conseguiría aquel hombre excitarla tanto solo mirándola. Sentía la piel ardiente bajo el camisón, los pezones rígidos y un calor intenso entre los muslos.

–Pues tú estás horrible –le dijo claramente.

No era verdad. Tenía alguna arruga más en los ojos y alrededor de la boca; alguna cana más en las sienes, pero estaba muy atractivo, tan atractivo como siempre.

–Veo que sigues siendo tan sincera como de costumbre, al menos en lo que se refiere a mí.

Georgie sintió que aludía de nuevo a su falta de sinceridad para con Andrew.

–Y tú ya veo que sigues tan dogmático como siempre –le respondió–. ¿Qué es lo que quieres, Jed?

Jed movió la cabeza lentamente.

–No estoy seguro de que quieras oírlo –murmuró con suavidad.

–¿Cómo? –preguntó Georgie sobresaltada, y dio un paso atrás al verlo levantarse de la cama.

–Veo que no tienes tanta seguridad en ti misma como quieres hacerme creer –le dijo, mirándola intensamente, satisfecho de verla asustada.

–Hasta un zorro sabe cuándo tener miedo de un perro de caza.

–¿Miedo tú? –le dijo enfadado–. Me has demostrado en más de una ocasión que me odiabas, pero no que me temieras.

–Tal vez sea cautela entonces –se corrigió Georgie con cansancio–. Jed, es tarde, y yo...

–Has hablado de miedo –insistió con testarudez.

Georgie pensó que, tal vez, fuera esa la palabra más adecuada. Hacía cinco años, cuando solo era una chica inexperta de dieciocho, había sentido miedo de la intensidad de los sentimientos que experimentaba hacia aquel hombre. A veces lo amaba tanto que no podía ni respirar. Al convertirse en su mujer, aquellos sentimientos se habían intensificado, hasta el punto de haberse fundido totalmente con él y haber perdido su personalidad.

–Pues tal vez sea así –reconoció Georgie–.

Pero, como ya te he dicho, es tarde, estoy cansada, y tal vez no haya empleado la palabra adecuada –suspiró profundamente–. Me llevé una tremenda sorpresa al encontrarte aquí esta tarde. Si hubiera sabido que ibas a estar aquí...

–Te habrías buscado una excusa para no venir –terminó de decir Jed por ella, y se echó a reír al ver cómo se ruborizaba–. No intentes negarlo, Georgie, te conozco muy bien como para saber cómo habrías reaccionado de haber conocido de antemano que iba a ser huésped de los Lawson esta noche.

Georgie se quedó boquiabierta.

–¿Así que sabías que yo iba a estar aquí?

Se dio cuenta de que había estado en lo cierto al pensar al principio de la velada que Jed no había mostrado ninguna sorpresa al verla.

–Eres una mujer muy difícil de localizar –le dijo Jed.

Georgie se quedó atónita. No entendía para qué había querido localizarla.

–Te ha enviado mi abuelo, ¿verdad? –le preguntó poniéndose de inmediato muy rígida, como a la defensiva.

Jed la miró con frialdad.

–No me ha enviado nadie, Georgie.

–Bueno, pues te pidieron que me encontraras, que para el caso es lo mismo –dijo con impaciencia.

Jed entornó los ojos.

–Tu abuelo no tiene ni idea de que iba a verte este fin de semana.

–¿Por qué dices que ha resultado difícil dar conmigo? –le preguntó mientras jugueteaba con un adorno que había sobre la cómoda.

Georgie conocía la respuesta a esa pregunta. Vivía en un edificio donde el portero tenía instrucciones de no dejar subir a nadie de la familia Lord o Jones; había quitado su número de teléfono de la guía y trabajaba en casa, por lo que no podían localizarla en ningún puesto de trabajo.

–Estoy seguro de que conoces la respuesta, Georgie –afirmó Jed–. No supe nada de ti hasta que no vi en el periódico la noticia de tu compromiso matrimonial con Lawson.

Georgie recordó que Annabelle Lawson había insistido en hacer público el compromiso de su hijo por medio de la prensa.

–No has perdido el tiempo después del divorcio, ¿verdad? –la acusó Jed.

–No creo que mi vida personal sea asunto tuyo, Jed –le dijo desafiante.

–Hasta hace seis meses tu vida personal era totalmente asunto mío –respondió él con rabia.

–Pero ya no lo es, Jed. Dime lo que hayas venido a decirme y vete. He tenido una semana muy dura, y esta noche ha sido también muy difícil para mí. Estoy agotada, y necesito dormir.

Jed se apartó de la cama.

–Si quieres acostarte, por mí no dejes de hacerlo.

Georgie suspiró con impaciencia.

–¡Los dos sabemos muy bien que no voy a

acostarme hasta que no hayas salido de mi habitación!

–¿Por qué no? –le preguntó él con suavidad.

Georgie se ruborizó ante su pregunta.

–¡Ya sabes por qué no!

–¿Porque una vez compartimos el lecho como marido y mujer? –le preguntó enfadado–. Eres una mujer hermosa, Georgie. Tal vez más hermosa ahora que hace un año, pero no estoy tan desesperado por acostarme con nadie como para pedirle que haga el amor conmigo a alguien que ha proclamado en más de una ocasión que me odia.

–Sobre todo cuando hay otra no muy lejos que estaría dispuesta a acogerte gustosa en su cama –dijo Georgie acalorada.

–¿Te estás refiriendo a Sukie Lawson? –le preguntó Jed con tranquilidad.

–Por supuesto –dijo Georgie–. Aunque Annabelle Lawson tampoco parece inmune a tus encantos.

Jed movió la cabeza.

–Estás hablando de tu futura suegra.

–Es una mujer, ¿verdad? –dijo Georgie con desprecio–. Y tú... –iba a seguir con sus reproches, pero de repente se dio cuenta de que se trataba del mismo tipo de discusiones que habían tenido durante los tres años de matrimonio.

–Georgie...

–Olvida que he dicho eso –le pidió Georgie, muy disgustada consigo misma y con Jed por permitir que la conversación se hubiera deteriorado de aquel modo–. Como ya te he dicho me he llevado una tremenda sorpresa al verte aquí esta noche –le dijo con un tono de voz más tranquilo–, pero esa no es razón para que me vuelva insultante.

–¡Vaya, vaya! ¡Pero si has madurado! –dijo Jed burlón.

Georgie hizo caso omiso de la ironía.

–Antes has dicho que querías hablar conmigo de algo. ¿De qué se trata?

–Es un problema familiar.

Georgie se quedó helada.

–¿Mi abuelo...?

–No, no se trata de tu abuelo. No sé lo que habrá pasado entre vosotros, pero desde luego él se ha cuidado mucho de enviarme.

Georgie pensó que su enfado era equivalente al que sentía ella.

Recordó que había sido su abuelo quien la había criado tras la muerte de sus padres en un accidente, cuando ella no tenía más que cinco años. Georgia, que entonces tenía sesenta años podía haber delegado la responsabilidad en una niñera y más tarde en un internado, y sin embargo se la había llevado a su casa ejerciendo de padre y madre con ella. Incluso llevándosela consigo en sus viajes de negocios si Georgie no tenía que ir al colegio.

De niña, lo había adorado. Sabía que tras la fachada de dureza que presentaba ante el mundo se escondía un hombre tierno, que la había llenado de amor.

¡No tenía ni idea de que ella formara simplemente parte de un gran plan...!

Georgie frunció el entrecejo.

–¿Por qué crees que vas a conseguir lo que mi abuelo ni siquiera ha intentado? –preguntó a Jed, desafiante.

–Porque independientemente de lo que hayas tenido con él, sé que siempre has adorado a mi abuela.

–¡La abuela! ¿Qué tiene ella que ver con esto?

–Todo. Sufrió un ataque de corazón hace tres semanas.

Georgie sintió que se le hacía un nudo en el estómago.

–¿Por qué no me ha avisado nadie?

–Recuerda que te has negado a vernos, excepto en presencia de tu abogado –replicó Jed con amargura.

Georgie se ruborizó.

–Sí, pero...

–No hay peros que valgan, Georgie. Dejaste bien claro que no querías tener nada que ver con la familia –le dijo con dureza.

Georgie no se atrevió a mirar aquellos ojos grises que la contemplaban con dureza. Sabía que decía la verdad, pero tenía sus razones. Sin embargo, con su alejamiento no había querido decir que no quisiera saber nada de la enfermedad de la única persona de aquella familia a la que todavía adoraba.

–¿Qué tal está la abuela ahora? ¿Se encuentra bien? –preguntó Georgie, nerviosa.

–¿Acaso te importa?

–¡Claro que me importa! –le respondió Georgie, enfadada.

–La abuela está... Ella ha... cambiado. Quiere verte.

Georgie se humedeció los labios.

–¿Cuándo?

–Mañana –respondió Jed.

–¿Mañana...? –Georgie abrió mucho los ojos–. Pero... ¿Tan enferma está?

–Te preocupas un poco tarde de ella. Pero, de todos modos, estoy seguro de que la abuela estará encantada de verte –dijo Jed con un tono de voz que dejaba claro que no compartía ese sentimiento.

Georgie apretó tanto los puños que llegó a hacerse daño con las uñas.

–¿Es grave? –insistió.

Jed se encogió de hombros.

–Dejaré que juzgues por ti misma –dijo Jed, incorporándose–. Creo que ya he dicho todo lo que tenía que decir...

–¿Eso es todo? Llegas aquí de manera inesperada; te aprovechas de la hospitalidad de nuestros anfitriones metiéndote en mi habitación; me dices que la abuela está enferma y quiere verme, pero te niegas a decir nada más –dijo Georgie con los ojos brillándole de furia.

–Exactamente –afirmó Jed con calma.

Georgie recordó que Jed siempre decía solo lo

que quería decir, y de nada servía interrogarlo para obtener más información.

–Mañana va a ser un poco... difícil –dijo Georgie.

–¿Dónde está la dificultad? Supongo que, si les dices a los Lawson que tienes que marcharte porque ha surgido una urgencia familiar, lo entenderán perfectamente. ¿O es Andrew Lawson quien te preocupa? Dime, Georgie, ¿cómo puedes estar prometida a un hombre que no conoce las cosas más importantes sobre ti? –le preguntó Jed.

–Lo único que Andrew necesita saber es que lo quiero –replicó Georgie con las mejillas encendidas de rabia.

–Yo también pensé una vez que me amabas –le dijo Jed con dureza–. ¡Para lo que me sirvió!

Georgie respiró profundamente. No estaba dispuesta a continuar con el tema que había sacado Jed a relucir.

–Veré lo que puedo hacer para ir a visitar a la abuela mañana –se limitó a decir.

–Si yo fuera tú haría todo lo posible por verla –le aconsejó.

–¿O qué...? –preguntó Georgie a la defensiva.

–No creo haber dicho nada que sonara como amenaza –se defendió Jed, dirigiéndose a la puerta.

–Sé por experiencia que siempre las utilizas para conseguir lo que deseas.

Jed abrió la puerta.

–Ya va siendo hora de que dejes de comportarte como una niña, y no me veas como una especie de monstruo.

Georgie suspiró.

–¿Qué hora es la mejor para visitar a la abuela? –preguntó Georgie, que no estaba dispuesta a entrar en temas personales que pudieran llevarla a pelearse con Jed.

–¿Quieres decir que cuándo tendrás más posibilidades de no encontrarte al abuelo en casa? Mañana es sábado, Georgie. Ni siquiera tu abuelo trabaja los sábados.

–Hubo un tiempo en que sí lo hacía –se defendió ella.

–¡Por el amor de Dios, tiene setenta y ocho años! –respondió Jed–. Hasta él se da cuenta de que debe trabajar menos. Además, está muy preocupado con lo del ataque de la abuela.

Georgie podía comprenderlo perfectamente. Estelle Lord, la abuela de Jed, y Georgia Jones, el abuelo de Georgie, se habían enamorado hacía quince años, y se habían casado solo unos meses después de conocerse. Conscientes de que habían vuelto a encontrar el amor bastante tarde en sus vidas, habían decidido disfrutar juntos los años que les quedaran.

Georgie sabía que su abuelo estaría destrozado por la repentina enfermedad de Estelle.

–Teniendo en cuenta que ni tu abuelo ni mi abuela te han visto desde hace dos años, me parece que cualquier hora será buena –respondió Jed.

–Eres...

–¿Sabes algo, Georgie? Todavía no puedo creerme que hicieras una cosa así. Me parece bien que no quisieras seguir casada conmigo, pero abandonar a los abuelos...

–Yo no los abandoné –se defendió Georgie acaloradamente.

–¿Ah, no? –dijo Jed enarcando una ceja–. No es así como lo recuerdo yo.

Georgie movió la cabeza cansada. Sabía que no debía dejar que la conversación tomara ese camino.

–Piensa lo que quieras, Jed. Gracias por contarme lo de la abuela. Iré a verla mañana.

Georgie pensó que iría cuando lograra reunir las fuerzas suficientes como para enfrentarse a su abuelo.

–Asegúrate de que lo haces –le dijo Jed.

–Yo...

–¿Sabes, Georgie? Estaba equivocado antes cuando dije que mi esposa se había divorciado de mí porque me comprendía –dijo ante la mirada atónita de Georgie–. Tú no me comprendes en absoluto, ¿verdad? Creo que, en realidad, nunca me comprendiste. Por ejemplo –le dijo de repente con suavidad–. ¿Sabes lo que me gustaría hacer en este momento?

–Me lo pones muy fácil. ¿Estrangularme, quizás?

Jed movió la cabeza lentamente.

–Lo que más me gustaría hacer en este momento sería acostarme contigo en esa cama y hacerte el amor toda la noche. Pero como sé que no va a suceder...

Georgie no fue capaz de pronunciar palabra. Se limitó a verle marcharse de la habitación.

Después, se sentó sobre la cama, exhausta, y se preguntó si sería verdad lo que Jed había dicho; si después de todos aquellos años seguiría queriendo hacerle el amor.

No lo sabía. Ya no estaba segura de nada.

Todo lo que tenía que ver con Jed la había confundido siempre, y no creía que el encuentro con su abuelo, un hombre casi tan fuerte y arrogante como Jed fuera a ser más fácil...

Capítulo 4

AL DÍA siguiente, a la puerta de la casa de su abuelo, no se sentía mucho mejor. Estaba tan nerviosa que le temblaban las piernas y le sudaban las manos. Parecía como si nunca hubiera estado en aquella casa, lo cual era ridículo porque había vivido allí hasta los dieciocho años, edad en que había contraído matrimonio con Jed.

–¡Señorita Georgie! –exclamó el mayordomo, encantado, cuando le abrió la puerta.

Georgie pensó que, por lo menos, había alguien que se alegraba de verla.

–Buenas tardes, Brooke –le respondió sonriendo, agradecida por su calurosa bienvenida–. He venido a ver a la abuela –dijo insegura.

Después de todo, tal vez su abuelo se negara a dejar que la viera, resentido por el modo en que había abandonado aquella casa hacía dos años.

–¡Por supuesto! –dijo el mayordomo, y se hizo a un lado para dejarla pasar–. Hemos estado esperándola.

–¿Ah, sí? –preguntó Georgie, sobresaltada.

–Así es –dijo una voz demasiado familiar para ella.

Georgie se volvió, y vio salir a Jed del salón familiar. La miraba burlón, satisfecho de ver la cara de sorpresa de la joven.

–Gracias, Brooke. Puede marcharse –le dijo al mayordomo.

–Me alegro mucho de volverla a ver por aquí –dijo Brooke antes de marcharse a la cocina.

Georgie se preguntó qué estaría haciendo allí Jed. Ya se había marchado de la casa de los Lawson cuando ella había bajado a desayunar, pero no había dicho nada la noche anterior de su intención de ir a la casa de su abuela al día siguiente...

–La abuela está deseando verte –dijo Jed interrumpiendo los pensamientos de Georgie–. No tengo ni idea de lo que piensa tu abuelo, sin embargo. La verdad es que no hizo ningún comentario cuando le dije que ibas a venir hoy a ver a la abuela.

A Georgie le molestó que estuviera tan seguro de que fuera a ir aquel día como para habérselo comentado a su abuelo.

–¿Está la abuela en su habitación?

–Sí. Georgie, quiero decirte algo antes de que vayas a verla...

–¡Así que has venido! –dijo una voz ronca.

Georgie se volvió, y vio a su abuelo a la puerta de su despacho. Era un hombre alto y autoritario de pelo canoso. A pesar de su edad, su rostro dejaba adivinar que había sido un hombre muy atractivo en su juventud. Vio que la miraba con dureza, y pensó que no la había perdonado todavía. Lo mismo le ocurría a ella.

–¡Abuelo! –se limitó a decir Georgie a modo de saludo, tras tragar saliva.

–Georgina, me alegro de que te quede todavía un poco de sensibilidad como para haber decidido visitar a Estelle –le dijo, y su voz se suavizó al mencionar a su querida esposa.

El matrimonio de Estelle Lord y Georgia Jones había unido dos empresas hoteleras: L&J, pero a Georgie no le había cabido nunca duda de que se habían casado por amor.

Georgie levantó la barbilla, retadora.

–Si hubiera sabido de la enfermedad de Estelle, habría podido venir antes.

–Resulta difícil informarte, cuando decides que ni tu propio marido conozca tu paradero –le dijo Georgia.

–Exmarido –puntualizó Georgie.

–Creo que sabes muy bien lo que pienso del divorcio, Georgina.

Georgie lo sabía. En realidad su abuelo se negaba a admitir que Jed y ella se hubieran divorciado.

Georgie se encogió de hombros.

–Por suerte, lo que tú pienses resulta irrelevante...

–¿Subimos a ver a Estelle? –intervino Jed, y lanzó a Georgie una mirada de advertencia–. No quiere echarse la siesta hasta que no te vea.

Georgie no pudo evitar pensar que cuanto antes subiera a ver a Estelle antes terminaría su visita, y podría perder de vista a aquellos dos hombres arrogantes.

–Cuando quieras. Estoy lista.

Se alejó de su abuelo con tristeza. Todavía recordaba lo unidos que habían estado en el pasado. Ni siquiera su matrimonio con Estelle, hacía quince años, había roto el estrecho vínculo existente entre ellos desde la muerte de los padres de Georgie.

Subió las escaleras detrás de Jed, pero al llegar a la planta superior, su exmarido se dirigió a la derecha en vez de a la izquierda, donde estaba la habitación de Estelle.

Georgie se detuvo.

–¿Adónde vas?

–Necesito hablar contigo antes de que veas a la abuela –le respondió Jed muy serio.

–¿Por qué?

–Hay algunas cosas que debes saber antes de que entres en esa habitación.

–Vamos, Jed, no soy una niña. Sé que la gente está muy desmejorada cuando sufre una enfermedad. No voy a asustarme.

–Estoy seguro, pero...

–Voy a verla –dijo Georgie, encaminándose al dormitorio de Estelle–. ¿Vienes conmigo o no?

Jed trató de disimular lo irritado que estaba con ella.

–Voy contigo, pero recuerda que he intentado explicarte la situación –le dijo misterioso.

–Lo recordaré –le respondió ella de mala gana.

A Georgie le impresionó ver a Estelle tan desmejorada. Siempre había sido una mujer de aspecto delicado, pero llena de vitalidad. Sentada en una silla delante de la ventana que daba al jardín, se la veía frágil y muy delgada.

El rostro de la enferma se iluminó cuando vio a Georgie.

–¡Georgie! –la recibió con los brazos abiertos y los ojos brillándole de emoción.

–¡Abuela! –exclamó Georgie. Se puso de rodillas al lado de la silla de la anciana, y le tomó las manos entre las suyas– ¡Oh, abuela! –le dijo con cariño, acercándose una de las frías manos de su abuela a la mejilla.

–Jed dijo que te traería, pero estoy... estoy tan contenta de volverte a ver –dijo Estelle con los ojos llenos de lágrimas.

Georgie sintió que tampoco podía contener las lágrimas. De repente, se sintió culpable de haber desaparecido tan bruscamente de la vida de aquella mujer que la había tratado siempre como a la hija que había perdido.

–Es casi como el regreso del hijo pródigo –dijo Jed, y Georgie recordó entonces que él y su abuelo habían sido la causa de su desaparición hacía dos años.

Georgie miró a Jed con desaprobación, y se puso en cuclillas.

–Me alegro de haber vuelto –dijo a Estelle con una sonrisa.

–Tu abuelo estará encantado de verte de nuevo –le dijo la anciana mientras le acariciaba el cabello.

–Sí –dijo Georgie, aunque la palabra «encantado» no describía para ella la expresión del rostro de su abuelo cuando la había visto minutos antes.

–Te ha echado mucho de menos, cariño –dijo Estelle–. Todos nosotros te hemos echado de menos –añadió apretándole la mano con afecto.

Georgie no miró a Jed, porque estaba segura de que no compartía los sentimientos de su abuela.

–Si hubiera sabido que estabas enferma habría venido antes, abuela.

–Ya lo sé, cariño. Y todo por una estúpida discusión. Menos mal que ahora todo está olvidado.

Georgie pensó que ni su abuelo ni Jed le habían dado la impresión de que todo estuviera olvidado.

–Ahora podremos volver a ser una familia feliz –continuó diciendo Estelle con satisfacción.

–Creo que ya llevamos demasiado tiempo aquí, abuela –Jed ayudó a Georgie a ponerse en pie, y siguió sujetándola por un brazo mientras hablaba con la anciana–. Volveremos a verte después de la siesta.

Estelle se relajó en su silla.

–Claro que vendréis –dijo con un suspiro de felicidad–. Tenemos todo el tiempo del mundo, ¿verdad?

Georgie se sobresaltó.

–¿Cómo...?

–Vamos, querida –le dijo Jed, y la llevó sujeta por el brazo hasta la puerta–. La abuela necesita descansar.

Georgie estaba completamente desconcertada por los comentarios de su abuela, tanto que permitió que Jed la sacara del dormitorio sujeta por el brazo sin protestar.

–¿Qué es lo que está pasando? –preguntó a Jed en cuanto se cerró la puerta tras ellos–. Estelle parece tener la impresión de que...

–Vayamos a donde no puedan oírnos –dijo Jed, al ver pasar a una de las criadas.

–Pero...

–No estoy pidiéndotelo, Georgie. Me niego a hablar de asuntos privados de familia en un lugar donde puedan oírnos.

Georgie se dio cuenta de que Jed tiraba de ella hacia el lugar donde había estado su dormitorio, el dormitorio que habían compartido.

–¡No, Jed! –dijo, y se detuvo bruscamente.

–Solo quiero hablar contigo, Georgie. No hacerte el amor.

–¡Amor! No recuerdo que hubiera mucho amor en nuestra relación –afirmó Georgie, irritada al recordar que el único amor que había habido había sido por su parte.

Jed suspiró, y sacudió la cabeza.

–Si ese no es el lugar para hablar del estado de Estelle, mucho menos lo será para hablar de nuestro matrimonio –dijo, y se dirigió al dormitorio donde él se hospedaba cada vez que visitaba a Georgia y Estelle.

–¿Contenta ahora? –le dijo mientras abría la puerta.

Cuando Jed cerró la puerta tras de sí, Georgie se sintió incómoda compartiendo la intimidad de aquel dormitorio con él.

–¿Podrías decirme ahora qué es lo que está pasando? –preguntó Georgie.

–Te pediría que te sentaras, pero el único sitio que hay es la cama...

Georgie sintió que se ruborizaba, y respiró profundamente para no responder a la insinuación de Jed. Esas insinuaciones llevaban repitiéndose desde su primer encuentro en casa de los Lawson.

–Jed, anoche me pediste que viniera y, aunque me resultaba muy complicado, lo he hecho, pero...

–Por cierto, ¿qué le has dicho a Lawson? Supongo que no la verdad.

–Mi relación con Andrew no es asunto tuyo –dijo Georgie con firmeza.

–¡Claro que lo es! –exclamó Jed.

Georgie lo miró con asombro.

–Jed, llevamos divorciados seis meses ya...

–Sé exactamente cuánto tiempo ha pasado, Georgie –le respondió irritado.

–Muy bien, entonces –murmuró Georgie, sin atreverse a mirarlo.

Georgie pensó en cuánto le había costado dejarle y después pedir el divorcio, pero una vez que lo había hecho no iba a volverse atrás, y mucho menos a creer que a Jed le importaba que se hubiera divorciado de él.

–Has madurado mucho en estos dos años, Georgie –le dijo Jed, cambiando de tema.

–Probablemente –le respondió ella con cautela

–Escucha, Georgie, si te he pedido que vinieras ha sido por la abuela, no por mí.

–Créeme que es la única razón por la que he venido –le aseguró.

–Es agradable saber que todavía te preocupas por algún miembro de esta familia –dijo Jed con sarcasmo.

–¡Que yo sepa, la abuela nunca me ha engañado ni utilizado!

–¿Qué demonios significa eso? –preguntó Jed, y avanzó hacia ella.

Georgie lo miró con frialdad, advirtiéndole que no se acercara más a ella.

–La abuela parece tener... la impresión de que somos todos amigos otra vez... –dijo Georgie lentamente.

–¡Amigos! –exclamó Jed con sarcasmo–. ¿Acaso fuimos nosotros dos amigos alguna vez?

–Tal vez no –aceptó Georgie, sin querer discutir–. Ahora dime lo que me querías comentar de la abuela.

Jed respiró profundamente.

–La abuela sufrió un ataque al corazón hace

tres semanas. ¿No recuerdas qué otro acontecimiento sucedió hace el mismo tiempo?

–¿Hace tres semanas? ¿Qué demonios...? ¿Estás tratando de decirme que el anuncio de mi compromiso con Andrew tuvo que ver con eso?

–Estoy seguro de que fue lo que ocasionó el ataque –afirmó Jed.

–Pero...

–Georgia fue a tomar café con ella como cada mañana, y la encontró desplomada sobre el periódico –explicó Jed–. Más tarde cuando la abuela ya estaba en el hospital, descubrió que el periódico estaba abierto en la página que anunciaba tu compromiso con Andrew Lawson.

Georgie se quedó mirándolo boquiabierta. No podía creerse que tanto su abuelo como Jed pensaran que ella había sido la causante del ataque de corazón de su abuela. Se preguntó qué querrían que hiciera al respecto. Estaba enamorada de Andrew e iban a casarse.

De repente recordó algo que había dicho su abuela, y miró a Jed con desconfianza.

–La abuela dijo algo respecto a que nosotros íbamos a ser una familia feliz de nuevo, ¿verdad?

–Sí, porque eso es lo que piensa que somos.

–¿Cómo? –Georgie no daba crédito a lo que oía.

–La abuela cree que nos hemos reconciliado, y que lo de tu compromiso fue un error.

–¿Pero, qué demonios...? ¿Quién puede haberle dicho una cosa así...? ¡Tú! –acusó Georgie a

Jed–. Tú le dijiste a la abuela... le diste la impresión de que nosotros dos... ¿Cómo pudiste... cómo pudiste hacer una cosa así?

–¿Acaso tenía elección? –le preguntó Jed con vehemencia, apretando los puños–. La abuela estaba muy enferma... podía haber muerto. Entonces... entonces pensé que si lo que le había ocasionado el ataque había sido ver el anuncio de tu compromiso en el periódico, lo mejor sería decirle que había sido un error y que nosotros volvíamos a estar juntos.

–¿Y quién te dio a ti el derecho a decidir semejante cosa? –le preguntó furiosa.

Jed la miró con frialdad.

–El cariño que siento por mi abuela me dio ese derecho –afirmó–. Atrévete a decir que no habrías hecho tú lo mismo si tu abuelo hubiera estado en la misma situación –añadió con dureza.

Georgie notó enseguida que la rabia la abandonaba. Se sintió como un balón desinflado. Se dio cuenta de que Jed tenía razón; de que ella habría hecho lo mismo por su abuelo.

El problema era cómo iban a seguir con aquella farsa.

Capítulo 5

GEORGIE, recuerda que traté de advertirte...

–No con la suficiente insistencia –le espetó furiosa.

Jed se metió las manos en los bolsillos de los vaqueros, y Georgie no pudo dejar de fijarse en sus piernas musculosas y sus anchos hombros.

Georgie pensó que no quería estar allí. No deseaba aquella proximidad con Jed.

–De acuerdo. Intentaste advertirme –admitió Georgie con impaciencia, caminando de un lado a otro de la habitación.

–Por lo menos lo admites –dijo Jed, secamente–. Pero lo importante de verdad es si aceptas las razones por las que lo hice.

Georgie aceptaba sus razones, pero estaba preocupada por la situación en que la había dejado la mentira de Jed.

–¿Qué tal está la abuela ahora? –le dijo mirándolo enfadada.

–No tan bien como ella cree, y desde luego no tan bien como te gustaría a ti. Los meses siguientes a un primer ataque al corazón son los más peligrosos –le dijo Jed con sinceridad–, porque si le diera otro muy seguido, podría ser fatal.

–Entonces, ¿cuál es exactamente la situación? –preguntó Georgie.

Jed enarcó las cejas.

–En lo que respecta a la abuela, ya no estás comprometida a Andrew Lawson, pero tú y yo no nos hemos vuelto a casar todavía.

–¡Esto es... es intolerable! –estalló Georgie–. ¡No tenías derecho, Jed! –le reprochó mientras seguía moviéndose por la habitación como un animal atrapado.

–¡Por el amor de Dios, Georgie, estate quieta! –le pidió Jed, irritado–. Estás mareándome.

–La abuela tiene que saber la verdad, Jed –le dijo con firmeza–. Tiene que saber que...

–¿Y te vas a responsabilizar de lo que pase? Dime, ¿lo vas a hacer? –insistió Jed.

Georgie, que se había quedado impresionada por la fragilidad de la anciana, no quería en modo alguno ser la causa de su empeoramiento. Pero el precio que tenía que pagar al fingir que había vuelto con Jed podía costarle su propia salud mental. Además, no encontraba las palabras adecuadas para explicárselo a Andrew.

–Mira, Georgie, si tú haces esto por la abuela, yo doblaré la oferta que le he hecho a Lawson por los terrenos.

–¡No seas ridículo, Jed! A mí no me interesan en absoluto tus negocios con Gerald.

–No lo entiendes. Gerald Lawson tiene problemas financieros. Una inyección de varios millones se los solucionaría.

Georgie no tenía ni idea de por qué insistía tanto Jed en el tema. Gerald era el padre de Andrew y, por supuesto, lamentaba que tuvieran una situación financiera difícil, pero sus sentimientos por Andrew no cambiarían ni aunque perdiera todo su dinero al día siguiente.

–Ya te he dicho que eso no tiene nada que ver conmigo... –insistió Georgie.

–¿Ah, no? Pues supongo que sabes que Annabelle Lawson había encontrado una señorita de muy buena familia para su hijo. Al fin y al cabo, tú eres poca cosa para él: no conocen a tu familia y eres una escritora novel. No representas en absoluto lo que tenía pensado para su heredero y único hijo varón.

Georgie era consciente de las reticencias de Annabelle hacia ella, pero había pensado que, con el tiempo, cuando la conociera mejor y viera que Andrew era feliz con ella, la aceptaría.

–No me voy a casar con la madre de Andrew –afirmó.

–Ni siquiera creo que Gerald se casara con ella de nuevo, si pudiera volver atrás. Ella es la causa de la mala situación financiera de la familia. Lleva un nivel de vida por encima de sus posibilidades.

–A mí me cae muy bien Gerald –dijo Georgie.

–A mí también. Además era un buen político, pero se tuvo que retirar a los cincuenta para que el castillo de arena que había construido no se derrumbara, y no tuviera que afrontar un escándalo público. Gerald necesita una considerable cantidad de dinero para pagar sus deudas, o que su hijo se case con una mujer rica. Después de decirle a tu abuelo que no querías su herencia, me parece que tú no eres esa mujer.

Georgie había recibido una gran suma de dinero de la herencia de sus padres, pero la había invertido en comprar un piso al separarse de Jed, y en vivir mientras escribía su libro.

–A Andrew no le interesa el dinero –dijo desafiante.

–No parece interesarle a nadie, hasta que se queda sin él y se da cuenta de que le hace falta. Tú misma tienes que admitir que ha sido duro para ti arreglártelas sola, sin el apoyo de la familia. Estoy seguro de que te has dado cuenta de que ha habido cosas que ya no podías permitirte.

Georgie sabía que estaba en lo cierto, pero tenérselas que valer por sí misma también le había reportado cosas buenas, como no tener que rendir cuentas de sus actos a su abuelo o a Jed.

–Andrew vive muy bien del salario que gana en el bufete...

–El alquiler de su apartamento lo pagan sus padres. El coche también se lo compraron ellos. Así como...

–¿Cómo sabes todas esas cosas? –preguntó Georgie, sorprendida de que supiera más sobre las finanzas de Andrew que ella misma.

–Quédate con que lo sé –le replicó Jed–. Tú...

–O sea que no me lo quieres decir. De todos modos, me da lo mismo el apartamento de Andrew. Cuando nos casemos, podemos vivir en el mío. En cuanto a su coche...

–Georgie, creo que sigues sin ver el meollo de la cuestión –la interrumpió Jed con suavidad.

–¿Y cuál es, entonces?

–Si el padre de Andrew no recibe en los próximos meses una cantidad importante de dinero, tendrá que declararse en bancarrota.

Georgie se dio cuenta de que si eso ocurriera no solo afectaría a la familia de Andrew, sino también a él, ya que, si su familia dejaba de ser influyente, tal vez le resultara difícil ascender en el bufete. Eso era lo que Jed estaba intentando decirle, y le molestaba la cara de satisfacción que tenía.

–Si ese terreno de Gerald es tan valioso, estoy segura de que tendrá otros compradores –dijo Georgie.

–Nunca le pagarán el dinero que le está ofreciendo el grupo J&L.

–¿Cuánto le habéis ofrecido?

–Lo bastante como para que Gerald salde sus numerosas deudas y aún le quede alrededor de un millón para empezar de nuevo.

Georgie se preguntó qué razones tendría Jed para haberse molestado en averiguar todas esas cosas sobre la familia Lawson.

–¿Quieres hacer el favor de ir al grano? –le dijo Georgie enfadada.

Jed sonrió abiertamente.

–¿Sabes una cosa, Georgie? Estás guapísima cuando te enfadas.

Georgie suspiró con impaciencia.

–Si has intentado hacerme un cumplido, no te molestes, Jed. Hace tiempo que dejé de buscar tu aprobación. Yo...

Georgie no pudo seguir hablando, porque, de repente se halló en brazos de Jed y sus rostros se encontraban a muy pocos centímetros.

–Jed, suéltame –dijo con los dientes apretados y el cuerpo rígido.

Una parte de ella quería gritarle para que la soltara, pero otra parte ardía de deseo al recordar lo que había sentido en el pasado.

–¿Y si no lo hago? –le preguntó cuando Georgie estaba a punto de empezar a gritar.

–Me veré obligada a pisarte con todas mis fuerzas.

Jed la miró primero con incredulidad, y después se echó a reír a carcajadas.

Georgie lo miró sorprendida. Hacía mucho que ni siquiera le veía sonreír, así que su risa la dejó atónita.

Cuando dejó de reír la soltó un poco, y se quedó mirándola con una sonrisa en los labios.

–Te advierto que llevo unos zapatos italianos hechos a mano –le informó Jed.

–Bueno, pues dentro de un momento estarán completamente aplastados –le dijo Georgie, sin saber exactamente lo que había ocurrido entre ellos, pero consciente de que el momento de peligro había pasado.

No le cabía la menor duda de que Jed había estado a punto de besarla antes de echarse a reír, y no sabía cómo habría reaccionado a aquel beso...

–Mejor no –dijo Jed, y la soltó.

Georgie tuvo la sensación de que podía volver a respirar, aunque aún notaba la presión de los brazos de Jed en su cintura y un cosquilleo en las partes de su piel que él había tocado.

Frunció el ceño preocupada. Pensaba que ya había superado lo que sentía por Jed, después de tan desastroso matrimonio, pero aquel cosquilleo le demostraba todo lo contrario...

Se sintió como una idiota. Sabía perfectamente que aquel hombre nunca la había amado, que si se había casado con ella había sido por algo que no tenía que ver con el amor.

Respiró profundamente, y lo miró a los ojos.

–Vete al grano, por favor –le recordó.

–Ah, sí. Bueno, parece que de momento la abuela no debería sufrir ningún disgusto. Así que vas a tener que cooperar un poco.

–¿Cooperar un poco? Me parece que, después de las mentiras que le has dicho sobre nosotros, voy a tener que cooperar mucho.

–Cuando tuvo el ataque estaba más preocupado por conseguir que se pusiera bien que por la repercusión que esas «mentiras», como tú las llamas, pudieran tener –dijo irritado.

–Muy bien, pues la abuela ha sobrevivido, y me alegro mucho de ello, pero nosotros seguimos teniendo el problema de qué hacer ahora.

–Me parece que he sido bastante claro en lo que respecta a ese tema, Georgie –dijo Jed crispado.

Georgie quería estar completamente segura antes de darle una respuesta.

–Explícamelo otra vez, por favor.

–Me ocuparé de que el grupo L&J adquiera los terrenos de Lawson...

–Por un precio superior a su valor –dijo Georgie.

–Eso es –respondió irritado por la interrupción–. Para que así tenga el suficiente efectivo como para saldar sus deudas, y a cambio...

–Ah, esta es la parte que más me interesa –dijo Georgie con sorna.

–A cambio te pido que sigas fingiendo delante de la abuela que nos hemos reconciliado, hasta que se encuentre lo bastante fuerte como para saber la verdad.

–Estás haciéndome chantaje emocional, Jed –le dijo Georgie, enfadada.

Jed apretó los puños intentando controlar su irritación.

–Se trata solo de un intercambio de...

–Es chantaje, Jed –insistió Georgie.

–Muy bien, llámalo como quieras –dijo muy tenso–. Pero, ¿qué me respondes?

Aunque trataba de disimularlo, a Georgie la irritó sobremanera darse cuenta de que Jed pensaba que necesitaba comprar su cooperación. Hacía quince años que conocía a Estelle, y la quería mucho porque había sido la primera mujer en la que había podido confiar ciegamente. Se sentía insultada al ver que Jed pretendía comprar su amor y lealtad hacia la abuela.

–De acuerdo, Jed.

–Ya veo que el hecho de que vaya a librar a la familia de tu prometido de la bancarrota ha resultado un buen incentivo para ti.

La mirada de Georgie se endureció, aunque la expresión de su rostro no cambió.

–Haz lo que consideres adecuado en lo concerniente a esa situación, Jed. Yo voy a entrar a ver a la abuela un rato antes de marcharme –le dijo, y abrió la puerta de la habitación.

Jed frunció el ceño.

–¿Y eso es todo? –le preguntó Jed sorprendido de que hubiera aceptado con tanta facilidad.

–Así es, Jed. ¿Acaso esperabas que fuéramos a pelearnos?

–A pelearnos exactamente no...

Georgie sabía que eso era lo que había esperado, pero no iba a darle el gusto de discutir con él para, finalmente, tener que hacer lo que él deseaba. Sabía que no le iba a resultar fácil ir a visitar a la abuela porque iba a encontrarse a Jed y a su abuelo, con el que ya había tenido la ocasión de darse cuenta de que seguía sin llevarse bien por lo sucedido dos años antes. Pero, a cambio, se había dado la satisfacción de ver la cara de sorpresa de Jed ante su inesperada respuesta.

¡Ahora lo que tenía que hacer era encontrar un modo de explicarle tan complicada situación a Andrew...!

Capítulo 6

CUÁNDO te cortaste el pelo? –le preguntó su abuelo.

Cuando ya estaba a punto de marcharse, después de haber vuelto a ver a la abuela, Georgie se lo encontró a la puerta del salón familiar.

–Hace unos seis meses –respondió, levantando la barbilla retadora.

–Ah –se limitó a decir Georgia.

–¿Qué quieres decirme con esa expresión? –preguntó la joven.

Su abuelo se encogió de hombros.

–Siempre me encantó tu pelo largo. Su color me recordaba a las hojas de las hayas cobrizas.

Georgie pensó que no había respondido a su pregunta, pero que no hacía falta, porque conocía la respuesta. Hacía seis meses se había divorciado de Jed y tres semanas más tarde había conocido a Andrew en una fiesta que daba un amigo común. Entre un evento y otro, Georgie había ido a la peluquería, y había pedido que le cortaran el pelo porque lo llevaba largo desde que era pequeña.

De este modo cada vez que se miraba al espejo, ya no recordaba a Jed acariciándole los cabellos.

–No podía tener el mismo aspecto que a los dieciocho años toda la vida.

Su abuelo sonrió.

–A aquella edad dabas muchos menos problemas.

La rabia la hizo ruborizarse.

–Tú...

–¿Quieres pasar al salón? –le invitó su abuelo–. ¿O tienes que hacer algo?

Georgie no quería continuar la conversación con su abuelo, pero sabía que si no aceptaba su invitación se crearía todavía más tensión entre ellos, y con todas las visitas que pensaba hacer a la abuela no le interesaba que eso ocurriera.

–¿O te espera alguien...? –añadió Georgia.

–No, en absoluto –respondió Georgie, y entró en el salón.

–¿Té? –le ofreció su abuelo.

–No, gracias.

–¿Cómo ves a Estelle?

Georgie se relajó. Por lo menos iban a hablar de alguien a quien ambos querían.

–Me ha dicho Jed que ha estado muy enferma...

–Estuve a punto de perderla –dijo Georgia emocionado.

En aquel momento, Georgie se dio cuenta de cuánto había envejecido su abuelo en aquellos dos años. Estaba mucho más arrugado, le habían salido muchas canas y tenía los hombros cargados, como de soportar el peso de la preocupación vivida en las últimas semanas.

Georgie sintió que se le encogía el corazón en

el pecho, y se dio cuenta de que por muy importante que hubiera sido la discusión que habían tenido años atrás, todavía lo quería mucho y podía experimentar como en carne propia la ansiedad y el dolor que sentía por su esposa enferma.

–Lo sé, abuelo, pero Jed me ha dicho que os han comentado los médicos que evoluciona favorablemente.

–Sí, siempre que no sufra ningún disgusto en los próximos meses –dijo con dureza.

Georgie pensó que Jed le había dicho unas semanas, y ahora su abuelo decía unos meses. Pero ella ya sabía a quién estaba inclinada a creer.

–Entonces eso es lo que tenemos que hacer –dijo con determinación.

Georgia enarcó las cejas.

–¿Y tus otros... compromisos?

–Eso no te atañe a ti –le dijo, aunque seguía sin saber cómo se lo iba a decir a Andrew.

–¿Del mismo modo que tampoco era de mi incumbencia que te divorciaras de Jed y nos abandonaras?

Georgie se puso muy rígida al oír a su abuelo.

–Estoy dispuesta a venir para ayudar en la recuperación de la abuela, pero no creas que eso va a darte derecho a meterte en mi vida privada.

Georgia respiró profundamente.

–Veo que tus malos modos no han cambiado en estos dos años.

Años atrás un comentario de su abuelo como aquel la habría dejado devastada, pero ya no.

–Te llamaré para que me digas cuál es la mejor hora para visitar a la abuela...

–Esas visitas no resultarán convincentes para Estelle, si no vienes acompañada por Jed –la interrumpió su abuelo.

–No estoy de acuerdo –dijo Georgie–. Jed y yo rara vez hacíamos algo juntos cuando estábamos casados.

–¿Y de quién fue la culpa?

–Mía no –dijo Georgie, sin dudar un momento–. Mira abuelo, esta situación ya es lo bastante difícil como para que encima sigamos con nuestras viejas disputas. Te propongo que firmemos la paz por el momento. ¿De acuerdo?

Georgia era un hombre orgulloso, al que le gustaba siempre tener la última palabra, pero sabía que en aquel caso no le quedaba más elección que hacer lo que le pedía su nieta.

–De acuerdo –dijo muy tenso–. Pero, ¿crees que Jed querrá aceptar hacer lo mismo? –le preguntó su abuelo con dureza.

–Yo...

–Tu abuelo quiere saber si ahora que has conseguido someterlo a él, vas a intentarlo también conmigo –dijo con sorna una voz familiar a espaldas de Georgie.

Georgie se volvió, y vio a Jed en la puerta del salón. Su abuelo y ella habían estado tan inmersos en su conversación que no le habían oído entrar. O al menos ella no le había oído entrar.

–Ni siquiera lo intentaría –le dijo Georgie con

ironía–. Le he dicho a la abuela que vendré mañana por la mañana. Tú decides si quieres estar también aquí para visitarla conmigo.

–Claro que estaré. Pensaba que te había dicho que me había instalado en la casa desde que la abuela regresó del hospital.

Georgie pensó que Jed sabía demasiado bien que ella desconocía ese dato. No se lo había dicho para que no se negara a visitar la casa.

–Muy bien –dijo como si no le importara–. Ahora, caballeros, van a perdonarme, pero tengo que marcharme.

Georgie se dirigió a la puerta, pero Jed no se movió de ella. Se miraron fijamente durante unos segundos, hasta que él se hizo a un lado para dejarla pasar.

–Te acompaño hasta la salida –le dijo Jed.

Georgie lo miró con desdén.

–No he olvidado el camino –le dijo.

Georgie se dio cuenta de que quería decirle algo, pero no delante de su abuelo.

–Gracias, Georgina.

Georgie se detuvo al oír la voz de su abuelo. Tuvo que respirar profundamente antes de darse la vuelta.

–De nada –le dijo, y salió del salón, sin darle la oportunidad de añadir nada más.

–¿Has traído el coche o quieres que te llame un taxi? –le preguntó Jed, una vez que estaban en la calle.

–Hace un día precioso, así que creo que caminaré un poco. Mañana volveré.

–Yo... –empezó a decir Jed, con voz entrecortada–, yo solo quería darte las gracias.

Georgie lo miró con los ojos muy abiertos. Aquello era lo último que esperaba oír de sus labios. Se imaginó lo difícil que le habría resultado tener que agradecerle que hubiera visitado a la abuela.

–Como le he dicho a mi abuelo: no hay de qué –dijo Georgie con una sonrisa.

Pero Jed no había terminado.

–Sé que lo estás haciendo por la abuela, y que si pudieras nos escupirías en los ojos a tu abuelo y a mí, pero gracias, de todos modos.

–Cuidad bien de la abuela –se limitó a decir Georgie.

–Lo haremos. En cuanto a Lawson...

–Ya te he dicho –le dijo con dureza– que eso es asunto mío.

–Me estaba refiriendo a Gerald Lawson, Georgie. Ya sé que la manera como le expliques todo esto a Andrew no es de mi incumbencia. Pero quiero decirte que mantendré mi palabra respecto a la compra del terreno de Lawson.

–No lo había dudado ni por un momento.

–¿Ah, no? Pues no tuviste la misma fe en que mantuviera las promesas matrimoniales que te hice hace cinco años.

Georgie sintió que palidecía. Apretó los puños con tanta fuerza que se hizo daño con las uñas en las palmas de las manos.

–Georgie...

–¡No me toques! –le dijo al ver que Jed trataba de tomarla por el brazo, y se apresuró a alejarse unos pasos de la casa.

Georgie se preguntó cómo se atrevía a recordarle aquello en ese momento. Enseguida se respondió a sí misma: se trataba de Jed Lord, un hombre que no amaba a nadie, aparte de a su abuela. Un hombre a quien no le importaba pisotear las emociones ajenas.

–¡Georgie! –gritó Jed. La siguió hasta donde estaba y, tomándola por el brazo, le hizo darse la vuelta–. Georgie, no puedo soportar verte de esta manera...

–Me parece que ya te he dicho que no me toques –le dijo con frialdad–. ¿Qué es lo que no puedes soportar, Jed? Tú eres el invencible Jeremiah Lord... puedes soportarlo todo. Nunca te ha importado herirme en el pasado, y dudo que te importe hacerlo en el futuro. Ahora, si no te importa, suéltame. No creo que una calle tan transitada sea el lugar más oportuno para tener esta clase de conversación. En realidad, creo que no quiero volver a tener una conversación contigo en ningún sitio. ¿Te ha quedado claro?

Jed la soltó, y la miró de una manera enigmática.

–Muy claro.

–Adiós, Jed –le dijo con firmeza. Después se dio la vuelta, y se marchó, segura de que después de lo que le había dicho no la seguiría.

Capítulo 7

PERO, no lo entiendo, Georgie –le dijo Andrew, confuso.

Georgie le dedicó una sonrisa tranquilizadora.

–Es muy sencillo, Andrew. Como ya sabes tuve que regresar a la ciudad porque mi abuela se encontraba enferma. Así que lo único que ocurre es que necesito pasar tiempo con ella.

Después de mucho pensarlo, Georgie había decidido darle una explicación sencilla, aunque sin detalles de por qué tenía que verlo menos durante las próximas semanas. Pero Andrew parecía confundido.

Andrew había insistido en acompañarla aquella mañana tras decirle que había recibido una llamada en el teléfono móvil diciéndole que su abuela estaba enferma. No le gustaba mentirle, pero no podía decirle que se había enterado porque Jed Lord había ido a su habitación a contárselo.

La había llevado a casa en coche para que dejara algunas cosas antes de visitar a su abuela. Después, habían quedado para cenar, y había sido al final de la cena cuando le había hablado de las visitas que tendría que hacer, sola, a la casa familiar.

–Pero tú me habías dicho que te había criado tu abuelo...

–Sí –confirmó Georgie–. Estelle es mi abuela por parte de... eh... –estuvo a punto de decir por parte de mi marido, pero calló a tiempo–. Está casada con mi abuelo –terminó por decir.

–Ya me imagino –bromeó Andrew.

–Lo que quiero decir es que Estelle se casó con mi abuelo cuando yo tenía ocho años, pero la quiero mucho, y siempre la he considerado mi abuela.

–Ya –dijo Andrew, que no parecía darse cuenta de lo difícil que le estaba resultando a Georgie dar todas aquellas explicaciones–. Pero lo que tampoco entiendo es por qué no puedo ir contigo a visitarla.

–Ya te he dicho que la abuela ha estado muy enferma. Todavía no se encuentra lo bastante bien como para recibir visitas de extraños.

Andrew tomó una de las manos de Georgie entre las suyas.

–Pero, vamos a casarnos, así que solo seré un extraño para ella en esa primera visita –le recordó.

Georgie le dedicó una sonrisa tranquilizadora.

–Te agradezco tu interés, pero si pudieras comprenderme y esperar unas semanas a que la abuela se encuentre un poco más fuerte... Ya sé que es pedirte mucho, Andrew...

–En absoluto –se apresuró a tranquilizarla–. Lo que lamento es que voy a verte muy poco durante las próximas semanas. ¿Te das cuenta de que nos hemos visto todos los días desde que nos comprometimos, hace tres semanas?

–Lo sé, Andrew, y voy a echar de menos también no verte todos los días –le dijo al tiempo que le apretaba la mano con cariño–, pero solo serán unas semanas. Y además podemos llamarnos por teléfono...

Georgie pensó que iban a ser unas semanas tan difíciles para ella, que seguro que necesitaría esas llamadas telefónicas tanto como Andrew.

Andrew se echó para atrás en su silla mientras el camarero servía el café. Esperó a que se marchara para continuar la conversación.

–De todos modos, tengo la sensación de que voy a estar muy ocupado las próximas semanas –dijo con una sonrisa–. Esta tarde me ha llamado mi padre para que me ocupe de redactar unos documentos legales. Al parecer, Jed Lord le ha ofrecido una increíble suma de dinero por el terreno del que te hablé ayer.

–Espero que tu padre agarre la oferta con las dos manos.

–Sí y no –dijo Andrew pensativo–. Voy a redactar los documentos legales que me ha pedido, pero mientras tanto mi padre va a tratar de averiguar por qué Jed Lord quiere pagarnos el doble de lo que valen esos terrenos. Tal vez sepa algo de ellos que nosotros desconocemos.

–¿Como qué? –preguntó Georgie.

–Tal vez sepa que hay otra persona interesada, y esté tratando de hacer su oferta antes que ella, o esté al tanto de que el gobierno tiene planes para esos terrenos en un futuro próximo y nos podría hacer una buena oferta –Andrew se echó a reír–. La verdad es que no sé. Al fin y al cabo no soy un hombre de negocios, pero tras haber conocido a Jed Lord puedo decirte que no me parece tonto, así que si está dispuesto a pagar el doble de su precio por un terreno, será por algo que nosotros desconocemos.

Georgie pensó en lo atónito que se quedaría Andrew si se enterara de que ella había estado casada con Jed, y por eso le estaban pagando un precio tan alto por el terreno. Pero, por supuesto, no pensaba decirle semejante cosa.

–Bueno, me alegro mucho por tu padre –le dijo haciendo como que buscaba algo en el bolso para no mirarlo a los ojos, y así no pudiera ver su mirada de culpabilidad–. ¿Nos vamos? –sugirió alegremente.

–Te esperaba más temprano, Georgie –le dijo Jed mirando su reloj de oro–. No me queda ya mucho tiempo para acompañarte a ver a la abuela. Tengo una cita a la una en punto.

Georgie enarcó las cejas.

–¿Una cita? ¿A la una de un domingo? –preguntó con ironía, a sabiendas de que la cita sería seguramente con una mujer. Además Jed vestía de modo muy informal, así que no podía ser una cita de negocios.

–Haz lo que quieras, Jed. Mi abuelo fue quien sugirió que visitáramos juntos a Estelle. Personalmente preferiría estar con cualquier otra persona antes que contigo.

–Vaya, así que resulta que tienes que cargar conmigo –le dijo con sorna.

–No por mucho tiempo.

–Todo dependerá de cuánto tarde la abuela en recuperarse.

–Ya veremos –respondió Georgie.

Jed suspiró con impaciencia.

–Me parece que algo más te tiene preocupada, Georgie.

–Andrew me dijo anoche que habías hecho una oferta a su familia por el terreno.

–Eso era lo que querías que hiciera, ¿no? –preguntó Jed un poco exasperado.

Georgie entrecerró los ojos.

–Sí, pero no de una manera tan rápida como para despertar sospechas.

–¿O sea que ha despertado sospechas?

–¡Pues claro! Gerald quiere saber por qué le estás ofreciendo tanto.

–¿Hay algo que te complazca, Georgie?

–Desde luego. Puedo asegurarte que los últimos seis meses que no te he visto me han complacido enormemente –le aseguró con dulzura.

–Ya. Mejor será que subamos a ver a la abuela –sugirió con impaciencia.

–Claro. No puedes llegar tarde a tu cita –le provocó Georgie, y echó a andar.

Jed le sujetó el brazo con fuerza, y la detuvo.

–¿Y qué pasa si voy a ir a una cita?

Georgie se encogió de hombros.

–No me interesa en absoluto.

–Exactamente –le dijo Jed. Después la soltó, y empezaron a subir las escaleras hacia la habitación de Estelle.

Georgie se preguntó por qué le interesaba tanto saber quién era la misteriosa mujer con quien había quedado. Sabía que no debía interesarle en absoluto.

–Bueno –dijo Jed–. ¿Qué quieres que haga con lo de Lawson?

Georgie movió la cabeza.

–No creo que puedas hacer ya nada, pero no me hace ninguna gracia que Gerald se ponga a husmear por ahí para enterarse de por qué le has hecho una oferta tan generosa.

–¿Temes que pueda llegar a enterarse de que mi exesposa va a convertirse en su nuera? –preguntó Jed–. Todavía no le has dicho a Andrew Lawson la verdad sobre mí, ¿verdad?

El sentimiento de culpa hizo ruborizarse a Georgie, que evitó mirar a Jed a los ojos.

–No, todavía no –respondió.

–Sé que no tengo derecho a darte ningún consejo, Georgie, pero no sé si te das cuenta de lo poco sincera que estás siendo con tu prometido.

–¡No eres el más apropiado para dar lecciones de sinceridad! –exclamó Georgie enfadada.

Jed se encogió de hombros.

–Bueno, luego no digas que no te lo advertí...

–Vayamos a ver a la abuela –sugirió Georgie con impaciencia.

Llamó a la puerta, y Estelle les dijo que pasaran.

La abuela parecía más animada. Había un poco de color en sus mejillas y los ojos le brillaron de alegría al ver entrar a sus nietos.

–¿Qué habéis estado tramando? –les preguntó en cuanto estuvieron cerca de ella–. Tenéis los dos cara de culpabilidad –añadió.

–¿De verdad, abuela? –preguntó Jed, y la besó en la mejilla–. Nos haces sentirnos como un par de niños traviesos.

Estelle se echó a reír.

–Probablemente siempre lo seáis para mí. Sirve el té, por favor, Georgie –le dijo indicándole una bandeja donde se encontraban la tetera y las tazas–. Me preguntaba si habríais estado decidiendo la fecha de vuestra boda.

Georgie se quedó tan atónita con lo que acababa de decir Estelle, que se le cayó parte de la leche en la bandeja.

–No queremos apresurar las cosas esta vez, abuela –dijo Jed–. Georgie se merece que la corteje un poco antes –añadió mientras acariciaba la espalda de Georgie con familiaridad.

Georgie no pudo evitar un cosquilleo al sentir

el contacto masculino. Una ráfaga de placer le recorrió toda la espalda, que parecía quemarle allí donde los dedos de Jed la habían rozado ligeramente.

–¡Qué idea tan maravillosa, Jed! A nosotras las mujeres nos encanta que los hombres sean románticos. ¿Verdad, Georgie?

Georgie recordó lo poco romántico que había sido Jed. Le había pedido matrimonio el día en que cumplía dieciocho años, y ella había aceptado de inmediato.

Tras el anuncio del compromiso, los preparativos de la boda habían ido tan deprisa, dejándoles tan poco tiempo para ellos mismos que, casi antes de que pudiera darse cuenta, se había convertido en una mujer casada. Casada con un hombre al que, como reconocería poco después, apenas conocía.

Por supuesto hacía muchos años que conocía al nieto de Estelle, pero aquel chico divertido de su niñez parecía haber desaparecido, y en su lugar había quedado un perfecto desconocido, que se había convertido en su marido. Desde luego, no era la manera más apropiada de empezar un matrimonio.

Habrían podido superar esa dificultad inicial si Jed hubiera sido un marido cariñoso y atento, pero ¡cómo iba a ser así si no la amaba!

–Claro que nos gusta, abuela –respondió, y dejó la jarra de leche sobre la bandeja para no tirar más.

Estelle vio que su nieto vestía elegante pero informal.

–Espero que vaya a llevarte a comer a algún sitio agradable –dijo mirando a Jed

No iba a llevarla a ninguna parte, así que Georgie no supo qué decir. Miró hacia Jed en busca de ayuda.

–Tengo una comida de negocios, abuela –respondió Jed–. Así podré tener más tiempo libre durante la semana para estar con Georgie –añadió al ver la cara de disgusto que ponía su abuela.

–De todos modos, abuela –dijo Georgie alegremente tomando una de las manos de la anciana entre las suyas–. Creía que hoy iba a comer contigo.

–Por supuesto, cariño –se apresuró a decir Estelle–. Pero ni al abuelo ni a mí nos gustaría quitaros ni un minuto del tiempo que deberíais pasar juntos. Me parece que eso fue parte del problema que tuvisteis durante vuestro matrimonio.

Georgie pensó que aquello no había tenido nada que ver. El hecho de que sus abuelos estuvieran casados les había convertido en una familia más unida de lo habitual. Nada se habría estropeado entre ellos si Jed la hubiera amado, y su abuelo no la hubiera engañado.

–No te preocupes, abuela. Como ha dicho Jed podremos pasar tiempo juntos durante la semana.

–Claro que sí –corroboró Jed, y descansó la mano sobre uno de los muslos de Georgie, lo que casi causó que la joven derramara el té en la bandeja.

–¿Quieres que lo haga yo? –le preguntó Jed al ver cómo le temblaban las manos.

–Puedo hacerlo yo sola –le dijo, apretando con fuerza el asa de la tetera.

–Gracias, cariño –le dijo Estelle cuando Georgie le dio su taza de té. Puedes servir una cuarta taza, porque tu abuelo no tardará en llegar –dijo sonriendo al recordar a su esposo.

Jed miró su reloj de muñeca.

–Abuela, lamento no poder quedarme más, pero debo marcharme. ¿Me acompañas hasta la salida, Georgie? –preguntó.

A Georgie no le apetecía nada acompañarlo, sobre todo porque la estaba dejando sola en la guarida de los leones, y además se marchaba a comer con la última de sus conquistas, pero se dio cuenta de que si no bajaba con él, sería capaz de darle un beso de despedida delante de su abuela.

–Por supuesto –dijo levantándose con gracia, aunque la compostura la abandonó un poco cuando, al abrirse la puerta, vio entrar a su abuelo.

–No te marcharás ya, ¿verdad, Georgina? –preguntó el abuelo.

Georgie se ruborizó.

–Yo...

–Me temo que soy yo el que se marcha, Georgia –intervino Jed, y tomó a Georgie por los hombros–. Tengo una cita ineludible. Georgie va a acompañarme al coche –le explicó mientras los dos salían de la habitación.

Georgie empezó a tranquilizarse nada más salir. No estaba segura de poder afrontar encontrarse con Jed tan a menudo, y sobre todo con su abuelo.

–Tu abuelo te quiere mucho –le dijo Jed, como si le hubiera adivinado el pensamiento.

Georgie le lanzó una mirada fulminante mientras salían.

–Entonces es que la idea que tiene mi abuelo sobre el amor y la mía son completamente diferentes.

Jed la miró sorprendido.

–Permíteme que lo dude.

No estaba dispuesta a hablar del pasado con Jed, que por otra parte sabía muy bien de lo que su abuelo era capaz.

–Mira... reconozco que las cosas no funcionaron entre nosotros, Georgie, pero eso no significa que...

–Vaya, lo que has dicho debería ser declarado el eufemismo del año –dijo con sorna.

–Georgie, por si no lo sabes, la amargura es una emoción muy destructiva.

–Te agradecería que no me instruyeras en qué emociones son o no destructivas...

Georgie no pudo seguir hablando porque los labios de Jed se posaron sobre los suyos.

La rabia de Georgie se derritió al momento. El calor que empezó a recorrerle el cuerpo no tenía nada que ver con su furia.

Los brazos de Jed se mostraban cálidos y apremiantes; su boca firme y penetrante contra la de

Georgie; la dureza de su cuerpo ardiente y exigente.

Georgie estaba derritiéndose ante semejante exigencia...

Era como si nunca hubieran estado separados; como si todavía lo amara...

–¡No! –gritó empujándolo. Quería poner la mayor distancia posible entre ellos–. ¡No! –repitió con vehemencia.

Jed la soltó muy a su pesar.

–¿Por qué has hecho eso? –le preguntó con frialdad.

–¿Y por qué no? –le preguntó con aparente tranquilidad, aunque más pálido de lo habitual.

–¿Por qué no? Si vuelves a tocarme otra vez, yo...

–¿Tú qué? –le preguntó en voz baja.

–Te tiraré a la cabeza el primer objeto que encuentre –le aseguró con los ojos brillantes de furia, y miró una de las macetas que adornaban la entrada de la casa.

–¡Vaya! –exclamó Jed, al seguir la mirada de Georgie y ver de qué se trataba–. Eres una desagradecida. Al fin y al cabo, solo estaba desempeñando mi papel de novio cariñoso, para que todos se crean que hemos vuelto a estar juntos.

Georgie lo miró perpleja.

–¿Y quién nos va a ver?

–Alguien podría estar mirándonos por una de las ventanas.

–¡No seas ridículo Jed! Estoy segura de que el

servicio está demasiado ocupado preparando la cena como para perder el tiempo espiándonos a nosotros.

–Me refería a mi abuela.

–Ya, claro –dijo Georgie. En ese momento se dio cuenta de que Jed no había querido en realidad besarla.

–Sie... siento haber malinterpretado tus motivos –se disculpó muy a su pesar.

–No te preocupes –le dijo con una sonrisa burlona. Se veía claramente que disfrutaba con lo incómoda que la veía–. ¿Quieres que le transmita a Sukie algún mensaje de tu parte? –le preguntó mientras apretaba el botón del control remoto de su Jaguar.

Georgie se quedó boquiabierta al darse cuenta de que era con Sukie Lawson con quien iba a comer Jed.

–¿Ninguno? –repitió Jed, provocador al ver que Georgie se había quedado muda de la sorpresa–. Hasta luego, entonces –dijo cerrando la puerta del coche.

Georgie lo vio alejarse sin salir de su sorpresa. Iba a comer con la depredadora Sukie. Con la cínica Sukie. Con la juerguista Sukie. ¡Con la hermosa Sukie...!

Georgie gimió al darse cuenta de que lo que sentía ante la idea de que Jed comiera con Sukie tenía un nombre: celos.

Capítulo 8

MIENTRAS subía las escaleras hacia la habitación de Estelle, Georgie se dio cuenta de que el dormitorio de su abuela daba a la parte de atrás de la casa, por lo que nunca habría podido verlos besarse.

Georgie no entendía nada: ni la razón que Jed había tenido para besarla, ni su propia respuesta ante aquel beso, y menos aún los celos que había sentido al saber que Jed iba a comer con Sukie Lawson.

–Para sentir celos de otra mujer tendría que estar enamorada, y desde luego no estoy enamorada de Jed –murmuró para sí.

Lo que no entendía entonces era por qué le había permitido besarla antes y, sobre todo por qué había respondido a aquel beso.

Desde luego no podía ser amor después de todas las cosas que había sabido de él. Su amor por Jed había muerto hacía dos años.

Recordó que Jed se había ido en viaje de negocios a uno de los hoteles que la empresa tenía en Hawái y ella se había instalado en casa de su abuelo y Estelle para no sentirse tan sola en casa.

Durante el desayuno se había puesto a leer el periódico y, para su sorpresa, aparecía una foto de Jed en las páginas de cotilleos acompañado de una hermosa actriz rubia llamada Mia Douglas.

–¿Qué pasa, Georgina? –le preguntó su abuelo que había leído en su rostro el disgusto que acababa de llevarse.

Georgie le dio el periódico en silencio. Le costaba respirar solo de pensar que Jed pudiera estar con aquella mujer.

No podía ser. Jed la había llamado la noche anterior. Había sido una conversación corta, pero en ningún momento le había dicho que estaba en Los Ángeles, así que había asumido que se encontraba aún en Hawái. La verdad era que no le había dicho dónde estaba, pero que sería una conversación corta porque tenía mucha prisa. Georgie se preguntó en aquel momento si tenía prisa por regresar con Mia Douglas.

No lo entendía. Era cierto que Jed llevaba fuera una semana, pero la noche previa a su partida habían hecho el amor hasta el amanecer, después de meses sin hacerlo. A Georgie le había sorprendido lo ardiente que estaba, pero lo había achacado a que, a pesar de la pequeña crisis que habían tenido, a Jed le apetecía tan poco separarse de ella como a ella de él.

De nuevo podían haber sido imaginaciones suyas, y había estado tan ardiente simplemente porque se sentía culpable de serle infiel en un futuro próximo.

–No deberías hacer mucho caso a esos cotilleos –le dijo su abuelo, y tiró el periódico sobre la mesa con desagrado–. Supongo que no se trata más que de publicidad.

Georgie no podía dejar de mirar la fotografía. En ella Jed sujetaba por el hombro a Mia y los dos sonreían.

–¿Publicidad para quién? –preguntó Georgie–. No tiene nada que ver con los hoteles L&J.

–Para Mia Douglas, seguramente –dijo su abuelo.

Georgie se ponía enferma solo con mirar la fotografía. Se preguntó cómo podía haberle hecho Jed una cosa así después de los meses de crisis que habían pasado.

No había sido un encuentro casual, porque debajo de la foto decía que Mia Douglas había acudido a una cena benéfica acompañada de Jed Lord.

Georgina tiró el periódico, y se levantó de la mesa bruscamente.

–Me voy a mi habitación –dijo con los ojos llenos de lágrimas.

–¡Georgina! Creo que ya es hora de que tú y yo charlemos de algunas... cosas. ¿No te parece?

–¿De qué cosas? –le preguntó, luchando por contener las lágrimas.

–De esa fotografía por un lado. De tu matrimonio con Jed por otro...

–¿De mi matrimonio con Jed?

Georgie no podía creerse que Jed hubiera hablado de sus problemas matrimoniales con su abuelo.

–Traté de advertírselo a Jed cuando me pidió permiso para casarse contigo y llegamos a nuestro arreglo. Yo pensaba que eras demasiado joven, pero tenía la esperanza de que el matrimonio fuera un éxito de todos modos. Sin embargo, por el modo en que los dos os habéis comportado últimamente creo que mis esperanzas han resultado fallidas.

Georgie volvió a sentarse.

–¿De qué arreglo hablas?

–Vuestro matrimonio no está funcionando como es debido, ¿verdad?

–¿Ah, no? –preguntó Georgie a la defensiva.

–Tú lo sabes muy bien –dijo su abuelo con un suspiro–. Cada vez pasáis menos tiempo juntos. Sabes que tengo razón, Georgina. De otra manera, tú no estarías aquí mientras Jed está de viaje.

Georgie pensó que solo le había faltado decir «y con otra mujer», pero lo que más había llamado su atención había sido la palabra «arreglo» que había pronunciado su abuelo minutos antes.

–Está de viaje de negocios –se defendió Georgina.

–No creo que esté trabajando las veinticuatro horas del día...

–Está claro que no –dijo Georgie señalando el periódico.

Su abuelo enarcó las cejas.

–¿Qué esperabas, Georgina? Jed es un hombre, y como hombre tiene sus necesidades.

Georgie sabía lo apasionado que podía ser su marido.

–Eso no disculpa...

–El lugar de la esposa es junto a su marido –afirmó su abuelo–. Sobre todo cuando ella no tiene ningún compromiso laboral.

Georgie trató de defenderse.

–Jed nunca me ha pedido que vaya con él –dijo, pero sabía que no era del todo verdad.

Al principio se lo había pedido, y había viajado con él. Hacía dieciocho meses que no lo acompañaba. Exactamente desde cuando se había creado entre ellos una tensión que estaba haciéndose insuperable últimamente.

–O hijos de los que ocuparse –continuó su abuelo como si ella no hubiera hablado.

Georgina pensó que aquel sí que era un problema insalvable. Después de varios meses de análisis y pruebas, los médicos le habían comunicado que tenía muy pocas posibilidades de llegar a concebir un hijo. Algo que no le habían dicho a nadie.

–Tengo que vivir también mi propia vida abuelo... –se defendió

Georgie.

–Ya, comidas y cafés con antiguas compañeras de clase –dijo su abuelo en tono despectivo.

Georgie se ruborizó.

–Puede que no sea tu idea de la vida, pero...

–¡Claro que no lo es! –se puso de pie, enfadado–. ¡Obviamente tampoco es la de Jed!

–No me importa si Jed... –empezó a decir con la respiración agitada por el enfado.

–Si Jed... –le instó su abuelo a continuar.

Georgie miró a su abuelo con resentimiento.

–Abuelo, antes has mencionado un arreglo entre Jed y tú cuando le diste permiso para casarse conmigo.

–Sí, lo hice con la mejor de las intenciones. Jed y tú parecíais tan felices cuando os casasteis. Pero, desde hace poco... ¿Qué es lo que ha ido mal, Georgie?

Georgie pensó que sería mejor preguntar qué era lo que había ido bien.

Se había casado con Jed porque lo amaba, pero después de un tiempo se puso a pensar que nunca le había oído decirle que la amaba. Fueron pasando las semanas y los meses, y Georgie siguió pensando qué era lo que sentía Jed por ella, hasta que llegó a la conclusión de que no era amor.

Pero estaban casados, y Georgie amaba mucho a Jed... tanto que pensó que la llegada de un hijo podría acercarlos emocionalmente. Pero tampoco eso iba a poder ser. Después de saber que no podrían ser padres, la tensión entre ellos se agudizó. Georgie se había sentido menos válida como mujer a raíz de saber que no podría ser madre y también menos querida por Jed, tanto que había empezado a evitar estar con él.

Estaba claro que a su abuelo ese hecho no se le había pasado por alto.

Seguía evitando hablar del arreglo que había

hecho con Jed antes de su matrimonio con él, pero no había que pensar mucho para darse cuenta de que ese matrimonio era muy conveniente para que el grupo L&J siguiera quedando en familia, siendo Jed nieto de Estelle y único heredero y Georgie nieta de Georgia, única heredera también. Después de todo, Jed nunca le había dicho que la amara.

Ahora sabía por qué no se lo había dicho: simplemente porque no lo sentía. Nunca la había amado. Se había casado con ella para evitar que contrajera matrimonio fuera de la familia. Ahora entendía la palabra «arreglo» que había mencionado su abuelo. Se había tratado de un matrimonio de conveniencia tramado por Jed y su abuelo, y los sentimientos de ella no les habían importado en absoluto.

Pero sus planes habían fracasado, porque ella no podía proporcionarles un heredero del imperio Lord y Jones.

Todo aquel tiempo había querido a su abuelo, sin hacer caso a los que decían que era un hombre de negocios frío que no permitía que nada ni nadie se cruzara en su camino cuando tomaba una decisión.

En esos momentos, al mirarlo a la cara, se daba cuenta de que lo había subestimado.

Y Jed...

Georgie se puso en pie lentamente, midiendo sus movimientos y gestos. No quería que su abuelo se diera cuenta del dolor que le causaba lo que tanto él como Jed, los dos hombres a los que más había amado, habían intentado hacerle.

–Tienes razón, abuelo. Mi matrimonio con Jed es un desastre. De tal envergadura que he decidido no continuar con él.

–Has decidido... –su abuelo empezó a enrojecer de ira– Me parece que es algo que tienes que hablar con Jed, cuando él...

–He tomado una decisión, abuelo. Lo que significa que no tengo nada que hablar con Jed... cuando regrese a casa o en ninguna otra ocasión –dijo con dureza.

–Estás dándole demasiada importancia a esa fotografía de Jed con otra mujer que aparece en el periódico –intentó tranquilizarla su abuelo.

–Mi decisión no tiene nada que ver con esa fotografía –dijo Georgie, inflexible–. Es algo que llevo pensando durante un tiempo.

–Georgina, no debes tomar ninguna decisión mientras estés así de disgustada. Me hago cargo de que debes haber sufrido una gran decepción al saber que nunca podrás tener un hijo, pero...

–¿Jed te ha dicho que no puedo tener hijos? –le preguntó, sintiendo náuseas ante lo que ella consideraba una traición por parte de Jed.

–Por supuesto –le confirmó su abuelo–. Es algo que no podías mantener en secreto para siempre, Georgina. Y el pobre Jed...

–Sí... pobre Jed –repitió muy pálida. Todavía no podía creerse que pudiera habérselo contado a su abuelo, sin haberlo hablado siquiera con ella.

–Tenía que hablar con alguien, Georgina –intentó hacerle razonar su abuelo.

–Ya veo –dijo con ironía–. Siento haberte decepcionado, abuelo. Estoy segura de que mi decisión es la correcta. Dentro de poco Jed y tú podréis llegar a otro «arreglo» que os venga bien a los dos. Y si esto te tranquiliza, te diré que en el futuro no reclamaré nada de la empresa L&J.

–Tú...

–Te lo aseguro, abuelo. Con un poco de suerte me habré ido de la casa antes de que Jed regrese. Pero, como ya he dicho, no voy a reclamaros nada a ninguno de los dos.

–Pero, ¿de qué vivirás? –preguntó su abuelo.

–Tengo la herencia que me dejaron mis padres, y supongo que seré capaz de hacer algo para ganarme la vida. Ya que, al parecer, no se me da bien ser esposa ni madre –añadió con tristeza.

–Georgina...

–Déjame, abuelo, por favor. Creo que lo mejor es que me marche ahora. Dile a Jed que mi abogado se pondrá en contacto con él para todo lo relativo al divorcio.

–¿Divorcio? –dijo su abuelo sobresaltado–. Georgina tienes que pensarte mejor las cosas...

–No he pensado en otra cosa que en el desastre que era mi matrimonio casi desde el principio –dijo con sinceridad, porque desde el primer momento había tenido la sensación de que solo ella amaba en la pareja.

–Le comunicaré a Jed mi decisión a su regreso –dijo Georgie.

–Supongo que serás consciente de que no va a tomarse tu decisión a la ligera –le advirtió su abuelo.

–Oh, me imagino que se sentirá muy feliz con el divorcio al darse cuenta de la libertad que le proporciona. Podrá encontrar otra mujer que le dé los hijos que necesita para perpetuar el apellido Jones. Me voy arriba a hacer la maleta para regresar a nuestro apartamento.

Una vez allí empaquetaría el resto de sus pertenencias, y las llevaría a un guardamuebles mientras buscaba otro sitio donde vivir.

Cuando Jed regresara, probablemente se alegraría al ver que casi era como si ella nunca hubiera estado en su vida...

Georgie tuvo que hacer un esfuerzo por contener las lágrimas al recordar el dolor que había sentido empaquetando todas sus cosas hacía dos años.

Por supuesto, aquello no había sido el final. Jed la había localizado en el hotel donde se alojaba mientras buscaba piso, y habían tenido varias discusiones bastante acaloradas.

Sin embargo, a pesar de la ira de Jed, Georgie se había mantenido inflexible respecto al divorcio.

Pero ninguno de aquellos dolorosos recuerdos la habían ayudado a comprender por qué sentía celos de Sukie, ni por qué Jed la había besado del modo en que lo había hecho...

Todavía se sentía confusa aquella tarde, cuando sonó el teléfono y era Jed.

–¿Qué quieres? –le preguntó con desconfianza–. ¿Y cómo has conseguido este número?

–Obviamente quiero hablar contigo, Georgie. En cuanto al número, hace ya varias semanas que lo tengo.

–¡Algunas semanas! –exclamó Georgie, preguntándose cómo lo habría conseguido si no estaba en la guía. Enseguida se dio cuenta de que Jed siempre había tenido buenos contactos–. Pero... entonces, ¿por qué no me llamaste para decirme lo de Estelle, en vez de ir a casa de los Lawson?

–Eso era demasiado fácil para mí –le dijo burlón–. Escucha, voy de camino a tu apartamento, Georgie. Asegúrate de que el portero me deje entrar.

–Yo... pero... –no podía parar de balbucear–. No quiero que vengas –le dijo, tan tensa que no dejaba de apretar el auricular.

–Pues lo siento mucho, pero tengo que hablar contigo –insistió Jed–. Y tengo que hacerlo ahora. A menos que Lawson esté ahí...

–Pues da la casualidad de que Andrew no está –le respondió Georgie.

Habían quedado en verse a la mañana siguiente, porque no había estado muy segura de cómo iba a sentirse después de ir a casa de su abuelo.

–Pero, tiene perfecto derecho a estar aquí, si le apetece –añadió.

–Y yo no, ¿verdad?

–Exactamente –se apresuró a decir Georgie.

–De todos modos, llegaré dentro de cinco minutos, Georgie –dijo Jed–. Espero no tener problemas en la entrada –añadió antes de dar por finalizada la conversación.

Capítulo 9

MUY bonito –dijo Jed en el vestíbulo del apartamento de Georgie. Todavía llevaba puesta la misma ropa que había llevado a su comida con Sukie. Georgie pensó que, seguramente, no había pasado por casa en toda la tarde.

–¿Qué es lo que quieres? –le preguntó con frialdad.

–Ya me lo preguntaste cuando te llamé por teléfono y la respuesta es la misma: quiero hablar contigo.

–Entonces... habla –le dijo Georgie con hostilidad.

Jed frunció el ceño. Trataba de aparentar tranquilidad, pero estaba muy enfadado.

Georgie se dio cuenta de ello, pero no le importó porque ella también lo estaba y con más razón que él.

Lo vio respirar profundamente antes de hablar, tratando de tranquilizarse.

–Invítame a entrar, y entonces podré hacerlo.

–Yo...

–A propósito, tienes muy buen aspecto –le dijo Jed.

–Estás diciendo tonterías, y los dos lo sabemos –respondió Georgie que se había puesto una camisa enorme que utilizaba para hacer las tareas de la casa y unos vaqueros viejos. No iba maquillada, y apenas si se había pasado los dedos por el pelo.

–Yo no lo creo así –le respondió con suavidad–. Se te ve natural, relajada, cómoda. La verdad es que te encuentro muy guapa. En el pasado te esforzabas demasiado en tener una apariencia impecable –le dijo como si ella hubiera hablado.

–¡Vaya, cuánto lo siento! –dijo con ironía–. En el futuro tendré que recordar que te encanta el aspecto desaliñado, y trataré de estar lo más elegante que pueda en tu presencia.

–Haz lo que quieras –le dijo, sin dejarse impresionar por el enfado de Georgie–. Por cierto, también me gusta como llevas el pelo.

Georgie pensó que, por fin, había mencionado su corte de pelo, pero no en el sentido que ella había pensado.

–Nunca fuiste un hombre de cumplidos, Jed –le dijo burlona.

Jed hizo una mueca.

–En el pasado no hice muchas cosas que debería haber hecho –respondió–. ¿Vas a dejarme pasar o qué?

–No –le dijo Georgie y se cruzó de brazos delante de él.

–El tuyo no es un comportamiento muy amistoso que se diga, Georgie.

–No somos amigos.

–He venido solo a hacerte un favor –continuó él con firmeza.

–¿Un favor? ¿A mí? Perdona, pero no me lo creo.

Jed la miró con la boca apretada y los ojos entornados.

–Si no me dejas pasar, no sabrás de qué se trata.

Georgie se quedó mirándolo. Por una parte quería mandarlo al infierno, pero por otra sentía curiosidad. Al final, prevaleció su deseo de que se marchara.

–Creo que puedo vivir si saber de qué se trata, así que, si no te importa...

–Sukie Lawson sabe que estuve en tu habitación el viernes por la noche.

–¿Se lo dijiste tú?

–No, yo no le dije nada –afirmó con impaciencia–. Por el amor de Dios, Georgie, ¿cuándo vas a dejar de creer que mi mayor placer es hacerte la vida imposible?

–¡Tal vez cuando dejes de disfrutar viendo cómo me enfado!

Jed suspiró y movió la cabeza.

–Yo nunca he disfrutado viendo cómo te enfadas. Y ahora deja de ser tan poco hospitalaria, y hablemos sobre la situación con Sukie Lawson –le dijo, irritado.

–Tú eres el que tiene una «situación» con Sukie Lawson –le dijo Georgie.

–¿Quieres hacer el favor de olvidar por un momento todos los prejuicios que tienes contra mí, y escucharme? –le dijo Jed con impaciencia–. A mí la verdad es que me importa muy poco que Andrew Lawson sepa que estuve en tu dormitorio el sábado, pero pensé que a ti podría interesarte evitarlo.

–De acuerdo, pasa –le dijo de mala gana. Le hizo pasar al salón y observó cómo Jed se fijaba en todos los detalles de su estilo de decoración bastante bohemio.

No había moqueta, sino varias alfombras que cubrían el suelo de madera. Había varios sillones y sofás cubiertos con telas de colores y muchas plantas por todos los sitios. Una de las paredes estaba cubierta de estanterías, desde el suelo hasta el techo, llenas de libros. Se veía que Georgie había buscado más la comodidad que el estilo.

–¡Es fantástico! –exclamó Jed, mirando con admiración a su alrededor.

Georgie lo miró atónita. No podía dejar de recordar el estilo minimalista del apartamento que habían compartido de casados. Jed había encargado la decoración a un profesional y el resultado había sido una casa elegante, pero demasiado fría para Georgie.

–Me alegro de que te guste –le dijo con escepticismo.

–No me crees, ¿verdad? –adivinó Jed con tristeza–. Si te dijera cuánto me habría gustado que nuestro matrimonio hubiera sido un éxito, tampoco me creerías, ¿verdad?

–No –respondió Georgie sin dudar.

Jed se quedó pensativo.

–¿Y si te dijera que...?

–Jed, ¿podrías ir al grano? –le preguntó Georgie al borde de un ataque de nervios.

–¿Al grano...? –dijo con el ceño fruncido–. Ah, sí. ¿No podrías servirme una bebida de cortesía?

–Esta no es una visita de cortesía.

–Pero...

–¡Los exmaridos no hacen visitas de cortesía a sus exmujeres! –insistió Georgie.

–¿Quién ha dicho eso? –dijo Jed pensativo.

–¡Jed!

–La comida ha sido mediocre, y no he comido ni bebido nada desde entonces. Demostrarías ser muy educada si...

–De acuerdo –dijo Georgie–. Te tomas un café y te marchas.

–Preferiría un whisky, si tienes –le dijo, y se sentó en uno de los cómodos sillones–. No tengo que conducir a ningún sitio esta noche, así que...

–¡Tienes que irte a casa! –le recordó Georgie, pero le sirvió un vaso de whisky.

–Vivo a la vuelta de la esquina. Hace un año que abandoné el apartamento que compartimos juntos, cuando me di cuenta de que no ibas a regresar. Es increíble que hayamos estado viviendo tan cerca durante el último año.

Georgie se quedó pensativa al darse cuenta de que Jed había estado esperando un año a que ella regresara.

–Aquí tienes –le dijo, y le dio un whisky muy corto.

Al verlo, Jed hizo una mueca burlona.

–Tienes que estar sobrio para regresar a casa –le dijo Georgie con firmeza, y se sentó en el sillón que había frente al de Jed.

–Eres una mujer muy dura, Georgie –bromeó antes de dar un sorbo a su whisky–. Cuando me dejaste casi me aficioné a la bebida.

Georgie se sintió muy incómoda con esas referencias a su antigua relación.

–Supongo que sería antes de darte cuenta de que todavía tenías las mismas cosas que antes de casarte conmigo: tu trabajo, tu libertad y a tus abuelos.

Jed la miró fijamente.

–Sí, pero no te tenía a ti –murmuró con suavidad–. ¿No vas a acompañarme? –le preguntó señalando su vaso.

–Nunca me ha gustado el whisky –dijo Georgie.

Georgie estuvo a punto de ir a servirse un vaso de vino, porque estaba poniéndose nerviosa con la conversación. Nunca habían hablado así en el pasado.

–¿Y Sukie? –le recordó.

–¡Ah, sí! Al parecer, se dirigía a su habitación el viernes por la noche...

–¿Estás seguro de que era a su habitación donde iba? –Georgie no pudo evitar tomarle el pelo.

Jed la miró con impaciencia.

–Georgie, nunca me he acostado con Sukie Lawson, ni tengo la más mínima intención de hacerlo porque no siento ninguna atracción hacia ella. ¿Te ha quedado claro?

–Sí, pero hoy has ido a comer con ella...

–Fue ella quien me invitó ayer por la mañana cuando coincidimos en el desayuno. Por cierto, no os vi ni a Lawson ni a ti.

Georgie hizo caso omiso de su indirecta.

–Yo no desayuno casi nunca. ¿Ya no te acuerdas, Jed?

–¿Y Lawson?

–No tengo ni idea. Bueno, así que Sukie y tú coincidisteis a la hora del desayuno... –le recordó.

–Sí, y me invitó a comer hoy.

–Pero no tenías ninguna obligación de aceptar –le dijo Georgie.

–Me dijo que tenía algo importante que contarme. Además si hubiera rechazado su invitación habría sido un gesto muy descortés por mi parte.

Georgie lo miró con escepticismo.

–O sea que Sukie iba camino de su habitación el viernes por la noche... –le volvió a recordar.

Jed dio un trago a su whisky.

–Oyó voces en la habitación de invitados, o sea en la habitación que tú ocupabas.

–Lo que no entiendo es su curiosidad. Lo más normal habría sido que fuera Andrew quien se encontrara conmigo.

Jed la miró irritado.

–Tal vez, pero está claro que no lo pensó así.

La cosa es que me vio a mí abandonando la habitación minutos después.

–¿Y adónde iba esta vez?

–A ningún sitio. Fue lo bastante sincera como para decirme que esperó en el corredor hasta averiguar quién era tu visitante a esas horas de la noche. A lo mejor estaba sorprendida de que su hermano pequeño estuviera comportándose de manera poco adecuada en la casa de sus padres.

–Debe haber dado por bien empleada la espera, al ver que eras tú y no Andrew quien salía de mi habitación. ¿Qué explicación le diste?

–Ah –se limitó a decir.

–¿Ah, qué? –le preguntó Georgie–. Le habrás tenido que dar una explicación.

–Georgie, tienes que entender que me pilló de improviso y no pude darle otra explicación que...

–¿La verdad? –gritó Georgie, y se puso de pie frente a Jed–. ¿Le dijiste a Sukie que estuvimos casados? Jed, ¿cómo pudiste...?

–Claro que no le dije eso –respondió irritado. Se echó hacia delante en su asiento y dejó el vaso encima de la mesa de café–. Por favor ten un poco más de confianza en mi sensibilidad.

–Pero, si no le dijiste a Sukie la verdad, ¿qué le dijiste? –preguntó, segura de que no iba a gustarle la respuesta.

Jed sonrió con malicia.

–Le dije que me sentía atraído por ti, y fui a tu habitación para ver si tú sentías lo mismo.

–¡Tú! ¿Tú le dijiste eso a Sukie?

Jed pareció mirar de repente algo que estaba detrás de Georgie. Se levantó, y se acercó a la librería que había en el salón.

–Llevo semanas intentando encontrar este libro –dijo tomándolo de la estantería–. ¿Lo has leído ya? –le preguntó de manera distraída.

–Pues sí –respondió Georgie, sorprendida de que Jed precisamente estuviera interesado en ese libro en particular–. Jed, ¿le dijiste a la hermana de Andrew que...?

–Sí. ¿Es bueno? –dijo refiriéndose al libro.

–Excelente –respondió Georgie–. Jed, ¿has dicho a la hermana de Andrew...?

–Te estás repitiendo, Georgie. Sí se lo he dicho. ¿Es tan bueno como los anteriores?

–Sí –respondió Georgie que cada vez podía creerse menos lo que oía.

–¿Puedo llevármelo prestado? –inquirió expectante.

–¡No! digo sí. Bueno, no sé –dijo Georgie confusa–. ¿Y qué dijo Sukie?

–Bueno, como había rechazado todas sus insinuaciones creo que se sintió aliviada de saber que eras tú y no su hermano quien me gustaba –bromeó–. Vale, vale –dijo al ver la cara de enfado que ponía Georgie–. ¿Hubieras preferido que le dijera la verdad?

–No –dijo–, pero tampoco me hace ninguna gracia que vea que recibo a otro hombre en mi habitación que no sea su hermano.

–Además –dejó el libro que tenía en la mano sobre la mesa–, es la verdad.

–¿El qué? ¿Qué has dicho? –preguntó Georgie que estaba distraída pensando en qué iba a decirle a Andrew en caso de que su hermana se lo contara todo.

–Me gustaría que me prestaras atención, Georgie. He dicho que es la verdad.

–Sí, y yo te he preguntado el qué –le recordó Georgie.

–Ya lo sé –Jed se acercó más a ella–. Es verdad que te encuentro atractiva, Georgie. Para ser sincero, muy atractiva.

Georgie se quedó mirándolo con incredulidad. No podía haber dicho lo que le había parecido oír, y si lo había hecho no podía haberlo dicho de verdad.

¿O sí?

Capítulo 10

JED, tú y yo estuvimos casados...
–Sí –confirmó él.
–El uno con el otro.
–Ya lo sé.
La confusión de Georgie se acentuó.
–Pero, ahora estamos divorciados –le recordó.
–Por desgracia, la respuesta es sí.
–El divorcio implica incompatibilidad en la pareja –dijo Georgie.
–Te recuerdo que fuiste tú quien se divorció de mí –le recordó Jed con suavidad.
–Exactamente. Lo cual implica que...
–Implica que tú querías divorciarte de mí, Georgie. No que yo deseara lo mismo.
–Pero... Pero... Tú aceptaste el divorcio.
–En aquel momento, tu abuelo me aconsejó que sería lo más prudente.
–¿Mi abuelo? –preguntó con incredulidad–. Pero si a mí me ha dicho que no cree en el divorcio.
–Exactamente.
–No entiendo nada.
–Tú querías el divorcio, y yo te lo concedí.

Pero eso no quiere decir que yo quisiera divorciarme de ti.

–Jed, llevábamos viviendo separados dieciocho meses cuando pedí el divorcio.

–Sí –admitió Jed.

–Y tú lo aceptaste.

–Ya te he dicho por qué lo hice.

–¿Estás diciéndome ahora que no querías divorciarte de mí?

–No solo estoy diciéndote eso, sino que al igual que tu abuelo, no creo en el divorcio.

–Bueno, pues creas o no en el divorcio, estamos divorciados –le aseguró Georgie con firmeza–. Lo dijo un juez. La ley lo dice y lo digo yo –añadió con determinación.

–Ya sé que no te hubieras comprometido con otro hombre de no saberte libre de tu compromiso previo –dijo Jed con calma.

–Bien, entonces...

–Entonces, nada –Jed dio un paso más hacia ella–. Georgie...

–Me pareció que la abuela se encontraba hoy un poco mejor –dijo Georgie tratando desesperadamente de cambiar de conversación.

Recordó lo mal que se lo había tomado Jed cuando le dijo que no pensaba regresar al apartamento que compartían. Apenas si se habían hablado durante un año, y después lo habían hecho solo a través de sus abogados. Jed había firmado los papeles del divorcio así que no podía decir que no creía en él, que nunca estuvo de acuerdo con divorciarse de ella.

–La abuela –dijo Jed con los ojos entornados.

–Sí –se apresuró a decir Georgie–. Por supuesto todavía está débil pero, mientras hablaba con ella, me he dado cuenta de que ha vuelto a recuperar su carácter indómito. Por cierto no estaba nada contenta contigo. No le hizo ninguna gracia que desaparecieras de aquel modo.

–Georgie, en cualquier otro momento estaría encantado de hablar contigo de los progresos de mi abuela, pero no ahora. Dime, ¿por qué te comprometiste con Lawson?

A Georgie le pilló por sorpresa aquel ataque frontal a su vida privada, después de todos los esfuerzos que había hecho para cambiar de tema.

–¿Por qué? Pues, porque lo quiero, por supuesto. Porque tengo la intención de casarme con él.

Jed se quedó mirándola fijamente unos segundos antes de hablar.

–¿Estás completamente segura?

Georgie tragó saliva. No podía negarse a sí misma cuánto le afectaba la proximidad de Jed. Estaban tan cerca que podía oler su loción para después del afeitado, un aroma que siempre asociaría con él. Podía hasta sentir el calor que emanaba su cuerpo. Un cuerpo que le era muy familiar...

Se preguntó si debería afectarle tanto la proximidad de Jed, que había sido su marido, estando comprometida con otro hombre.

Tuvo la sensación de que la respuesta era no.

Se irguió poniéndose a la defensiva y sostuvo la mirada a Jed.

–Sí, estoy segura –le dijo con firmeza–. Y ahora, si no te importa, es muy tarde...

–¿Qué explicación piensas darle a Lawson acerca de que yo estuviera en tu habitación el viernes por la noche? –le preguntó Jed con suavidad.

Georgie recordó entonces que todavía no le había dicho nada ni de eso ni de que Jed había sido su marido. Se preguntó si Andrew se creería que no había pasado nada aquella noche después de haberle contado que había estado casada con Jed.

–Se llama Andrew –dijo enfadada con Jed por haberla puesto otra vez a la defensiva–. Y las explicaciones que yo vaya a darle... sobre cualquier cosa... son solo asunto mío.

–Parece que tu libro se está vendiendo muy bien –dijo Jed, cambiando de tema.

–¿Mi libro...?

–Sí, he oído que las ventas van muy bien, y que cuando se publique tu segundo libro a principios del año que viene, se dice incluso que...

–¿Has oído, Jed? –preguntó, indignada porque estuviera enterado de tantas cosas. Le hubiera gustado saber cómo lo había sabido.

–Vas a hacer una gira por el país para firmar ejemplares –terminó Jed con calma.

Georgie se ruborizó.

–Has oído bien.

–Sin duda, habrá periodistas en alguno de los lugares donde firmes. Ahora la gente parece interesarse no solo por los libros en sí, sino por la vida personal de...

–Quieres ir al grano, Jed –le dijo, aunque tenía la sensación de que sabía de qué se trataba.

Se preguntó por qué no le habría dicho la verdad a Andrew desde el principio sobre su matrimonio con Jed. Se habría evitado muchos de los problemas que estaba teniendo.

–Creo que ya sabes lo que quiero decir. Después de tu gira del año que viene, lo que hayas decidido decirle a Andrew resultará totalmente irrelevante, porque vas a tener a la prensa encima de ti en cuanto se enteren de quién es la autora Georgie Jones exactamente.

–¿Te refieres a la exmujer de Jed Lord? –le preguntó Georgie con rabia.

–No. A la nieta de Georgia Jones, fundador y copropietario de la cadena hotelera J&L.

Georgie se ruborizó aún más.

–Pero también exmujer de Jed Lord, su más evidente sucesor –insistió.

–Sí.

Georgie ya había pensado que podría averiguarse su conexión con la cadena hotelera, pero creía que para entonces ya estaría casada con Andrew... y podría explicarle el pasado con más calma, y restándole importancia.

–Simplemente explicaré que todo el mundo puede cometer errores.

El rostro de Jed se endureció.

–Nuestro matrimonio no fue un error, Georgie.

–Claro que lo fue –respondió Georgie.

–No –insistió Jed–. No lo fue.

–Bueno, está claro que no tenemos la misma opinión sobre el asunto, pero no pienso ponerme a discutir sobre ello, ni ahora, ni en otro momento. Te agradezco que hayas venido a advertirme que Sukie puede causarme problemas por lo sucedido el viernes por la noche...

–Esa no es la razón por la que estoy aquí –le interrumpió Jed.

Georgie se sobresaltó, y dio un paso atrás al ver con qué intensidad estaba mirando sus labios entreabiertos.

–Yo... Tú... –Georgie no podía evitar humedecerse los labios, y cuanto más lo hacía más intensa se volvía la mirada de Jed–. Jed...

–¡Georgie...! –gimió Jed. Tendió los brazos hacia Georgie y le rozó ligeramente los hombros al tiempo que bajaba la cabeza hacia ella.

Georgie se dio cuenta de que su voluntad estaba debilitándose y decidió atacar.

–Es extraño, ¿verdad, Jed? He terminado escribiendo libros para niños, cuando no soy capaz de tenerlos. Tienes suerte de que eso no vaya a cambiar nunca.

Jed se quedó helado. Resultaba imposible leer la expresión de su rostro.

–¿Suerte? –repitió.

–Sí, porque así te aseguras de ser el único heredero del grupo J&L.

–Esa es una acusación horrible –dijo Jed enfadado.

–Pero cierta –le provocó–. ¿No te das cuenta, Jed? No me necesitas para alcanzar tu meta en la vida.

–Te equivocas –le dijo, apretándole los brazos–. Tú eres lo que necesito para alcanzar la ambición de mi vida. No puedo hacerlo sin ti.

Georgie no tuvo tiempo de tratar de entender aquella extraña afirmación, porque Jed bajó la cabeza a la altura de la suya y los labios masculinos requirieron los suyos con una familiaridad que casi le cortó la respiración.

Sin embargo, cuando Jed empezó a besarla, Georgie se dio cuenta de que las cosas ya no eran iguales. Ella era mayor y tenía más seguridad en sí misma porque ejercía una profesión en la que tenía éxito y un novio que la admiraba por ello.

Se enfrentaba a la inconfundible pasión de Jed como un igual, como alguien que conocía su propio valor.

Era una combinación explosiva.

Georgie se abrazó al cuello de Jed, y apretó su cuerpo contra el de él hasta sentir toda la dureza de su masculinidad. Se había prendido la llama de su deseo, y sentía que ese fuego la consumía.

No podían dejar de besarse. Era como si solo ellos dos existieran, su calor, su deseo, su necesidad mutua. Georgie no ofreció resistencia cuando

Jed la tomó en sus brazos, y la llevó hasta el dormitorio sin dejar de besarla un momento.

Parecía como si no pudieran saciarse el uno del otro. Como si hubieran sufrido una sequía, y ahora quisieran ahogarse el uno en el otro.

Estaba ya oscureciendo cuando Jed la dejó con suavidad sobre la cama. Georgie lo miró con la completa certidumbre de lo que estaba haciendo. De lo que estaba a punto de hacer.

Jed se arrodilló a un lado de la cama, y rodeó el rostro de Georgie con las manos.

–Eres tan hermosa… –gimió–. Tan maravillosamente hermosa, que yo...

–Por favor, no hables –le suplicó Georgie, y se abrazó a él.

No quería que Jed dijera nada que pudiera estropear la perfección de aquel momento. Lo único que quería era pertenecerle completamente, y él a ella.

Los labios de Jed reclamaron una vez más los suyos, y sus ropas fueron desapareciendo casi como si se evaporaran hasta que nada se interpuso entre la calidez de sus cuerpos desnudos. Unos cuerpos que encajaban tan bien juntos como si fueran dos mitades de un todo.

Jed se tumbó al lado de Georgie y, sin dejar de mirarla, empezó a acariciarle todo el cuerpo hasta que se detuvo en uno de sus pechos del que no tardaron en prenderse sus labios, y su lengua fue recorriendo la cálida piel de tan sensible zona.

Georgie, en completo estado de éxtasis, arqueó su cuerpo contra el de Jed y hundió los dedos en los cabellos masculinos, suplicando en silencio que no se detuviera.

No quería que se detuviera nunca. Deseaba que permaneciera así para siempre, como si Jed fuera parte de ella.

Le encantaba acariciar aquel cuerpo musculoso. Recorrer con sus manos toda su longitud, moviendo los dedos como si de una mariposa se tratase al llegar a la dureza de su deseo, tocando provocando, jugueteando.

–¡Georgie...! –gimió Jed, y echó la cabeza hacia atrás.

–Ahora, Jed –lo animó. Tomó una de sus manos y la llevó hasta su parte más íntima para que viera que estaba lista para él–. ¡Por favor, ahora! –suplicó.

Jed le pareció una escultura perfecta cuando se colocó delante de ella y le abrió las piernas con extremo cuidado para con mucha suavidad fundir su cuerpo con el de ella.

Incluso aquella suavidad fue demasiado para Georgie que se consumía de pasión, y empezó a sentir uno tras otro los espasmos de placer que recorrían su cuerpo y los envolvían a los dos.

–Quieta –susurró Jed mirándola una vez más–. Todavía no, Georgie –le dijo respirando agitadamente–. Todavía no.

Completamente consumida por él, por la pasión que sentían, Georgie perdió la noción del tiempo y del espacio. Solo Jed existía en su universo.

Jed la llevó hasta el final de ese universo una y otra vez, hasta que no pudo contenerse más, y los dos llegaron a alcanzar un placer más intenso del que Georgie nunca hubiera pensado llegar a conseguir.

–¡Ha sido estupendo! –murmuró Jed aturdido, antes de dejarse caer al lado de Georgie. Sin dejar de abrazarla, apoyó la cabeza sobre el pecho húmedo de la joven.

Georgie no había vivido nunca algo parecido. Se sentía completamente saciada.

Jed se echó a reír.

–No puedo creerme que haya podido decir algo tan ridículo.

Tampoco podía Georgie, pero era parte de la locura que se había apoderado de ellos.

El problema era qué iban a hacer ahora.

Haber estado de aquella manera con Jed había sido maravilloso, mágico, pero completamente fuera de la realidad de ambos. Porque nada había cambiado. Jed era todavía Jed, su exmarido y heredero del grupo J&L. Y ella era todavía Georgie, completamente separada de cualquier cosa que tuviera relación con la cadena hotelera, exesposa de Jed Lord, y una mujer que no podía darle nunca un heredero para su imperio. El hecho de que fueran tan compatibles en la cama no cambiaba nada de aquello.

–Te has quedado muy callada –dijo Jed en la oscuridad de la habitación.

Georgie se ruborizó al recordar la manera en que había gritado una y otra vez su placer mientras hacían el amor.

Jed se puso de lado para poder verla mejor, sin dejar de tenerla sujeta por el hombro.

–¿Georgie...? –la llamó inseguro.

Lo que más deseaba hacer Georgie en aquel momento era taparse con las sábanas. Su desnudez le recordaba la forma tan desinhibida en que había hecho el amor con Jed. Aunque el cosquilleo que todavía tenía en el cuerpo le decía que no iba a poder olvidarse de aquella noche en brazos de Jed aunque lo intentara.

Le costó tragar saliva, y procuró no mirar a Jed a los ojos. Tenía el aspecto de un muchacho, con el pelo caído sobre la frente y el rostro relajado por el placer.

–No sé qué decir –admitió ella.

Jed le acarició los cabellos.

–¿Estás preocupada sobre cómo vas a explicarle esto a Lawson?

Georgie se dio cuenta de que no había pensado para nada en Andrew durante las últimas horas. La única persona en la que había podido pensar había sido en Jed, en su forma de besarla y acariciarla.

–No creo que este sea el momento para hablar de Lawson, ¿no te parece?

–Posiblemente no, pero tiene que saberlo. Me pregunto si querrías que yo...

–¿Tiene que saber el qué? –dijo Georgie, incorporándose con el ceño fruncido.

–Lo nuestro, por supuesto –respondió Jed.

Georgie frunció aún más el ceño. Claro que tenía que romper el compromiso con Andrew. Después de lo que había pasado aquella noche no podía pensar en casarse con él. Pero aquello era solo problema suyo, no de Jed y ella.

Georgie necesitó todavía más cubrirse con las sábanas.

–Jed, la verdad es que no creo que sea momento de hablar de esto.

–Pero quiero contárselo a los abuelos lo antes posible.

–¿Qué es lo que quieres hacer? –preguntó Georgie, que se sentó de manera brusca en la cama dando la espalda a Jed.

–Van a ponerse tan contentos, Georgie...

–Jed –gritó–. No sé qué es lo que crees que ha pasado aquí esta noche, pero no es nada que los abuelos deban saber. Estoy segura de que se quedarían atónitos.

Ella misma se sentía consternada. No sabía cómo iba a poder seguir fingiendo delante de Estelle de ahora en adelante.

–¿Estás bromeando? –preguntó Jed–. Estarán encantados cuando les digamos que hemos vuelto a estar juntos.

Georgie levantó, se puso la bata, y miró a Jed que estaba sentado sobre la cama.

–Estamos otra vez juntos, Georgie –afirmó Jed.

–No es así. Lo que ha pasado entre nosotros –dijo señalando la cama–, no significa nada, Jed... –Georgie calló al ver levantarse a Jed con el ceño fruncido, y dio un paso atrás.

–No te preocupes, Georgie –le dijo con rabia–. No voy a tocarte. Estoy demasiado enfadado. ¿Qué quieres decir con que no significa nada el que hayamos hecho el amor?

Georgie dudó.

–Creo que a veces sucede entre una pareja que ha estado casada. Se... se llama posmarital...

–¡No quiero oír cómo lo llaman los expertos! –dijo Jed con frialdad–. Lo he llamado hacer el amor porque eso es lo que ha sido.

Georgie suspiró.

–Quizás, pero...

–No hay peros que valgan, Georgie. Hemos hecho el amor. ¿No significa nada para ti?

Georgie se metió las manos en los bolsillos de la bata.

–Ya te he explicado que me parece lamentable porque solo va a servir para complicar más nuestra situación. Pero, tal vez, dadas las circunstancias era inevitable. Creo que lo llaman asuntos maritales inconclusos... una necesidad de...

–Georgie, ¿puedes dejar de mencionar esa basura de artículos que has debido de leer en alguna revista sensacionalista? –le cortó Jed, que ya había empezado a ponerse la ropa, ropa, que como la de ella, se encontraba desperdigada por toda la habitación.

Georgie recogió la camisa de Jed, y se la dio tratando de no acercarse mucho a él. Podía estar tratando de aparentar calma, pero no era inmune a la desnudez de su exmarido.

–Gracias –le dijo él, y tomó la camisa–. Entonces estás diciendo que lo que ha pasado aquí hace un momento no ha sido más que una necesidad tuya de comprobar que todavía me siento lo bastante atraído por ti como para acostarme contigo.

–¡Yo no he dicho una cosa así! –le respondió Georgie enfadada–. ¿Por qué has hecho el amor conmigo, Jed?

–Sinceramente, en este momento no tengo ni idea –se puso de pie, completamente vestido ya–. Creo que debería marcharme, ¿no te parece? Antes de que alguno de nosotros diga algo que sea absolutamente imperdonable.

–Sí –dijo Georgie, esperando que la desolación que sentía no se reflejara en su cara.

No quería que se fuera. No quería separarse de él de aquel modo. Pero se dio cuenta de que no podía hacer otra cosa. No había vuelta atrás a su relación previa a aquella noche, pero tampoco tenían futuro...

–Muy bien –dijo Jed, deteniéndose antes de llegar a la puerta–. Es... espero que esto no te impida seguir visitando a la abuela. Parece encontrarse mucho mejor.

–Por supuesto que no –dijo Georgie, incapaz de mirarlo a los ojos, y luchando con todas sus fuerzas contra las ganas que tenía de decirle que no se marchara.

–Entonces, me voy.

Georgie tragó saliva.

–Sí.

No lo vio irse, pero oyó llegar y marcharse el ascensor.

En cuanto supo que ya no estaba en el apartamento, Georgie se sentó en la moqueta y se echó a llorar. Tenía el corazón roto por segunda vez. Porque por muchas excusas que hubiera dado a Jed sobre lo que había sucedido entre ellos, sabía que había pasado por una única razón: todavía estaba enamorada del hombre que una día había sido su marido.

¡Sin embargo, él no la amaba más de lo que la había amado hacía dos años...!

Capítulo 11

CÓMO van las cosas entre Jed y tú?

Georgie levantó la cabeza del periódico que había estado ojeando para seleccionar artículos que había leído en voz alta a Estelle, y se encontró con la mirada preocupada de su abuela.

–¿Que cómo van las cosas entre Jed y yo? –repitió tratando de que le diera tiempo a pensar qué responder.

No resultaba fácil encontrar una respuesta, porque desde aquel domingo por la noche de hacía cuatro semanas en que habían cometido el error de hacer el amor, no había vuelto a verlo. Pero, tal vez eso ya decía bastante de cómo estaban las cosas entre ellos.

–Bien –respondió con firmeza–. Está muy ocupado, por supuesto, pero yo también lo estoy. ¿Te había dicho que mi editor ha dado el visto bueno a mi segundo libro...?

–Georgie, sé que he estado enferma, ¡pero no estoy senil! –le dijo Estelle con una sonrisa.

Georgie abrió mucho los ojos.

–Por supuesto que no lo estás. ¿Quién demonios...?

–Jed y tú. No os habéis reconciliado, ¿verdad?

Georgie no se esperaba aquello. Se quedó mirando a Estelle, preguntándose cómo lo habría descubierto. Seguro que Jed pensaría que había sido culpa de ella.

A pesar de la situación tan extraña que existía entre Jed y ella, había seguido visitando a Estelle durante aquellas cuatro semanas. Su abuelo y Jed habían coincidido con ella algunas veces durante aquellas visitas, y Georgie pensaba que todos estaban desempeñando su papel de manera convincente delante de Estelle, pero, obviamente, estaba equivocada.

–Si he hecho algo para que creas eso, entonces...

–Por favor, Georgie, no pienses que estoy censurando nada de lo que has hecho o dicho durante las últimas semanas –le dijo apretándole la mano para tranquilizarla–. Me parece que te has portado de maravilla conmigo. No creo que te haya resultado fácil fingir...

–Abuela...

–Déjame terminar, querida –la interrumpió con suavidad–. La verdad es que estoy muy preocupada por ti. Tienes mala cara.

Georgie pensó que había estado muy tensa durante aquellas semanas. Le había resultado muy difícil mostrarse alegre delante de Estelle cuando su vida privada iba tan mal.

–He estado trabajando mucho en el libro...

–En lo que más te has estado esforzando ha

sido en tratar de tranquilizar a una anciana a la que deberías conocer mejor –le dijo Estelle sacando a relucir su carácter indómito–. Georgie... –la anciana calló porque, de repente, se abrió la puerta y entró Jed.

Debía de llegar directamente del trabajo porque todavía llevaba el traje puesto. Georgie palideció nada más verlo. Pensó que ningún hombre tenía derecho a ser tan atractivo como él. Era consciente de que su amor y su deseo se habían acrecentado durante aquellas cuatro semanas.

–Jed –la anciana tendió los brazos para recibir a su nieto con cariño, invitándole a sentarse con ellas en el mirador que daba al jardín–. Georgie y yo estábamos charlando un poco.

–Espero que no te importe, abuela, pero voy a robarte a Georgie unos minutos.

–¿No te parece que Georgie está un poco pálida? –preguntó Estelle a su nieto.

–Sí, le vendrá muy bien dar un paseo por el jardín.

Georgie se preguntó si Jed se habría dado cuenta de las ojeras que tenía, de que estaba pálida y había perdido peso. No creía que se hubiera fijado en ella lo suficiente como para darse cuenta de aquellas cosas.

–Estupendo –dijo fingiendo alegría frente a Estelle, pero preocupada por lo que Jed tendría que decirle a solas.

Habían evitado encontrarse a solas durante las últimas semanas. Ella porque se sentía turbada por el amor que sentía hacia Jed. Desconocía las razones de él.

–Georgie, quiero que regreses para terminar la conversación que tenías conmigo, en cuanto hayas hablado con Jed –dijo Estelle cuando ya estaban saliendo de la habitación.

Jed se volvió hacia Estelle, y le sonrió.

–¿No la has monopolizado bastante por hoy, abuela?

Estelle le puso mala cara.

–No te creas que eres ya muy mayor para que te eche una buena reprimenda.

–Ya lo sé, abuela –dijo Jed, riendo–, pero no he visto a Georgie en todo el día.

–Pues llévala a cenar para compensarla –sugirió Estelle.

Jed miró a Georgie.

–Podría ser una buena idea –dijo sin comprometerse a nada.

Georgie no creía que Jed fuera a hacerle tal invitación, pero de ser así la rechazaría.

–¿Qué es lo que tienes que decirme? –le preguntó cuando ya estaban en el pasillo.

–El jardín es un sitio más agradable para charlar –dijo Jed–. Además, la abuela se extrañaría si no nos viera allí por la ventana.

Georgie se alegró de salir al jardín. Le pareció que allí podía respirar mejor. Por alguna razón, cualquier habitación de la casa, donde también estuviera Jed le resultaba claustrofóbica.

Jed fue al grano enseguida.

–Pensé que te gustaría saber que ya ha concluido todo el proceso de la compra del terreno del padre de tu novio.

Georgie se alegró de que Gerald Lawson hubiera, por fin, vendido su terreno para poder así saldar sus deudas, pero Andrew ya no era su novio...

Georgie no había podido seguir adelante con el compromiso después de haberse acostado con Jed. Después de haberse dado cuenta de que todavía estaba enamorada de él.

Su último encuentro con Andrew había sido muy doloroso. Le había tenido que explicar que ya no pensaba casarse con él, y que dejaban de salir juntos.

Andrew se había quedado destrozado por la decisión de Georgie, y sin poder entender la razón de su repentino cambio de opinión. Como Georgie sabía que Sukie no permanecería mucho tiempo callada respecto a la visita nocturna de Jed, había contado a Andrew la parte de verdad que le había parecido necesaria, y el joven abogado se había quedado atónito.

–Lo que quieres decir es que el negocio de la compra por parte de L&J del terreno de Gerald Lawson ha concluido.

–¿Ah, sí?

–Por supuesto –afirmó Georgie, que no tenía intención de contarle que había roto su compromiso con Andrew.

–Bueno, como quieras. El hecho es que ese hombre tiene su dinero.

–Y tú, el terreno –razonó Georgie.

–El grupo L&J lo tiene, no yo.

–Pobre Jed –se burló Georgie.

–Eres...

–Jed, me parece que harías bien charlando un poco con Estelle –lo interrumpió. Sabía por experiencia que no iba a llevarles a ninguna parte tirarse dardos envenenados el uno al otro–. No parece muy convencida de nuestra supuesta reconciliación.

–¿Por qué no?

–Umm –replicó Georgie–. De eso estaba hablándome cuando llegaste tú.

–¡Qué contrariedad! –dijo Jed irritado, mirando hacia la ventana de la habitación de su abuela.

–¡Vaya! Me parece raro que no me digas que es culpa mía. Que no lo he hecho lo suficientemente bien.

–Aunque no te lo creas no te echo la culpa de todo lo malo que me pasa en la vida –le dijo con el ceño fruncido.

Georgie se dio cuenta, de repente, de que Jed también había cambiado en aquellas cuatro semanas: tenía el pelo más canoso en las sienes y parecía más delgado. Tal vez hubiera estado tan nervioso como ella.

–Vaya, me sorprendes. De todos modos, tal vez haya llegado el momento de decirle la verdad a Estelle. Parece encontrarse mucho mejor y...

–Y tú estás deseando regresar con tu prometido

–le dijo con mordacidad–, para seguir preparando la boda.

–Eres... –Georgie iba a decirle una barbaridad, pero se contuvo. No quería decir nada que pudiera lamentar después. Ya tenía demasiadas cosas que lamentar–. Me niego a discutir contigo, Jed –le dijo con calma.

–¿Ah, no? –le retó Jed.

–No –le dijo ella con determinación–. Mi sugerencia de que le digas a Estelle la verdad no tiene nada que ver con... con Andrew.

–Me parece difícil de creer.

–Me da igual si te lo crees o no. Estelle sospecha algo, y creo que sería mejor que le dijéramos la verdad, y le confesáramos la razón por la que le hemos mentido ahora, antes de que se entere por sí misma y se lleve una decepción.

–¿Contigo o conmigo? –preguntó Jed con sarcasmo.

Georgie suspiró.

–Con cualquiera de nosotros. Recuerda que el abuelo también está metido en esto.

–Por supuesto. Entonces, ¿quieres que suba y le diga la verdad?

–Bueno, creo que sería mejor que se lo dijeras tú. Yo volveré mañana a ver a Estelle, por supuesto.

–Por supuesto –dijo Jed apretando los dientes.

–Mira Jed, si no quieres decírselo tú, lo haré yo. Creo que esta farsa ya ha durado lo suficiente.

Jed metió las manos en los bolsillos, se dio la

vuelta, y estuvo un rato mirando hacia el jardín, pensativo.

–De acuerdo –dijo mirando a Georgie con expresión torva–. Subiré a hablar con ella, pero agradecería tu apoyo moral, al menos, cuando vengas mañana a verla.

Jed sabía que su abuela iba a enfadarse con él por haber montado toda aquella farsa, así que necesitaría tanto el apoyo de Georgie como el de su abuelo.

–Por supuesto –dijo Georgie, y se encaminó hacia la casa.

–Ah, y Georgie... –la llamó Jed.

Georgie se volvió de mala gana.

–¿Sí?

–La abuela tiene razón. No tienes buen aspecto.

Georgie se preguntó qué aspecto querría que tuviera después de lo que había sucedido en esas cuatro semanas: habían hecho el amor; había roto con su prometido y, lo peor de todo, se había dado cuenta de que todavía estaba profundamente enamorada de Jed.

–Estoy segura de que las cuatro últimas semanas no han sido fáciles para ninguno de los dos –le respondió Georgie.

Jed no pareció convencido con la explicación.

–¿Cómo te va en el trabajo?

Georgie alegró un poco la cara.

–Muy bien. Acaban de aceptar mi segundo libro.

–Me alegro. Supongo que no... No, no es una buena idea –dijo como hablando solo.

–¿De qué se trata? –preguntó Georgie.

Jed respiró profundamente.

–La abuela sugirió que nos fuéramos a cenar juntos esta noche. Así que me preguntaba si... pero, bueno, supongo que cenarás con Lawson para celebrar tu segundo éxito literario.

Georgie no podía dar crédito a lo que estaba oyendo. Cuando Estelle lo había sugerido, ella había pensado que aunque se lo propusiera, cosa que dudaba, rechazaría la invitación, pero ahora que lo había hecho...

–No tengo ningún plan para esta noche –le respondió con cautela.

Jed abrió mucho los ojos, sorprendido.

–¿Ah, no?

–No –le confirmó Georgie.

–Pensé... Bueno, da lo mismo lo que pensara. Georgie, ¿quieres salir a cenar conmigo esta noche para celebrar la publicación de tu segundo libro?

Georgie se quedó pensativa. Aquella era la primera vez que la invitaba a salir. Hacía cinco años no la había cortejado. Simplemente le había pedido matrimonio cuando tenía dieciocho años. Por supuesto no consideraba aquella cena como una cita de novios, pero era una experiencia nueva.

Vio a Jed mirarla con expresión cautelosa, como si esperara una negativa por su parte.

–Me parece bien que salgamos a cenar, Jed –dijo Georgie que no pudo evitar sonreír ante la cara de sorpresa de su exmarido.

–¿De verdad aceptas salir a cenar conmigo? –preguntó Jed, sin podérselo creer todavía.

Georgie sonrió ante su cara de incredulidad.

–Si me lo estás pidiendo de verdad, acepto.

–¡Oh! Claro que te lo estoy pidiendo de verdad. Reservaré una mesa para las ocho y te llamaré sobre las siete y media.

–Muy bien –dijo evitando mirarlo ahora que ya habían tomado la decisión–. Mira, la abuela quería que volviera para seguir la conversación que teníamos cuando tú llegaste, pero creo que sería mejor que fueras tú solo a contarle toda la verdad. Yo vendré mañana a verla.

–Está bien, yo hablaré con ella –dijo Jed.

–De acuerdo. Te veré más tarde –dijo Georgie a modo de despedida.

–¿Georgie...?

–¿Sí? –respondió insegura.

–Gracias.

Georgie no estaba segura de por qué le estaba dando las gracias.

–A las siete y media –le confirmó él.

–Sí... –dijo ella.

Jed sonrió con dulzura.

–Estoy deseando que llegue la hora.

–Bien –dijo Georgie, incapaz de decirle lo mismo, porque en aquel momento no tenía ni idea de lo que sentía ante la perspectiva de ir a cenar con Jed.

Ella lo amaba, de eso no tenía duda. Tampoco de que lo deseaba. Sabía que él la deseaba después de lo ocurrido hacía cuatro semanas, pero no estaba segura de que la amara.

Se preguntó cómo transcurriría la velada.

Capítulo 12

CUANDO llegaron las siete y media, Georgie estaba tan nerviosa que temió desvanecerse de un momento a otro.

No hacía más que reprocharse una y otra vez haber aceptado la invitación de Jed.

Había tenido la intención de llamarlo por teléfono para anular la cita un montón de veces, y otro gran número de veces había abierto el armario, y había estado probándose ropa que, como había adelgazado, no le sentaba bien. Al final, escogió un vestido negro aunque no le convenciera del todo.

Tenía la cara roja, y el maquillaje no terminaba de cubrir las tremendas ojeras que tenía por falta de sueño. Su pelo, aunque acababa de lavárselo, parecía tener vida propia, y por más que lo peinara se obstinaba en quedarse de punta en algunos lados. Pero ya era demasiado tarde como para preocuparse de esas cosas. Jed se encontraba ya en el ascensor.

–¡Estás preciosa! –le dijo cuando le abrió la puerta.

Georgie no pudo evitar soltar una carcajada.

–¿He dicho algo gracioso? –preguntó Jed, que estaba muy guapo con un traje negro y camisa blanca.

–He estado peleándome con mi pelo, el maquillaje no me convence y la ropa no me queda bien. Debe de ser mucho más fácil para los hombres... Con daros una ducha y poneros un traje, ya está.

–¿Eso crees? –preguntó Jed, riendo.

–Pues sí. ¿Te apetecería tomar algo antes de salir? –le ofreció, indicando una botella de vino blanco que había abierto poco antes con la idea de tomar una copa que le tranquilizara los nervios, pero sin conseguirlo. Estaba tan nerviosa que hasta le temblaban las manos.

–Gracias –aceptó Jed, y se desabotonó la americana antes de sentarse en uno de los sillones.

–Ya que has sido sincera conmigo, te diré que me he cortado dos veces al afeitarme; que me he pasado un buen rato escogiendo camisa, y que he llegado a la concusión de que tengo que comprarme un traje negro de una talla más grande. Para colmo, en vez de desodorante me he echado espuma de afeitar en las axilas.

Georgie dejó de servir la copa de vino que tenía en las manos, y lo miró. No podía creerse que Jed hubiera estado tan nervioso como ella ante la perspectiva de aquella cena.

–Solo estás tratando de que me sienta mejor –le dijo, y le dio la copa de vino.

Jed enarcó las cejas.

–Olvidaba decirte que he estado a punto de salir a la calle con un calcetín marrón y otro negro.

–¿Tal mal te fue tu conversación con la abuela? –preguntó Georgie convencida de que de ahí debía proceder su nerviosismo y no de la perspectiva de la cita.

–Mi conversación con... Ah, hablaremos más tarde de ello, si no te importa.

–En absoluto –replicó Georgie, y estuvo a punto de atragantarse con el vino al oír lo que dijo Jed después.

–He reservado mesa en el restaurante Fabio –le dijo.

Aquel era su restaurante favorito. Lo habían frecuentado mucho durante su matrimonio... incluso habían celebrado sus aniversarios de boda allí.

–¿Te encuentras bien? –le preguntó Jed al oírla toser.

–Sí –le respondió temblorosa. Dejó la copa sobre la mesa, y se puso de pie–. Tal vez fuera mejor que nos marcháramos ya.

–No hay prisa –le dijo mientras la ayudaba a ponerse la chaqueta roja que llevaba con el vestido negro–. Fabio estaba tan contento de volver a saber de nosotros que nos ha reservado la mesa donde nos sentábamos siempre.

Georgie se quedó muy sorprendida.

–Imagino que habrás ido alguna vez en estos dos años, desde... desde...

–¿Desde que nos separamos? No. Como ya te

he dicho, es nuestro restaurante, así que no hubiera estado bien llevar allí a otra persona, además...

–¿Además...? –le insistió Georgie mientras bajaban en el ascensor.

Jed miró hacia el techo del ascensor.

–Eso también podemos hablarlo más tarde.

Georgie pensó que tenían un montón de cosas de que hablar durante la cena: la conversación que había tenido con la abuela y lo que había querido decir hacía un momento.

Por lo menos tendrían algo de lo que hablar, en vez de pasarse toda la cena mirándose el uno al otro sin pronunciar palabra.

–Me siento como una impostora –dijo Georgie mirando a su alrededor en el restaurante, después de que Fabio en persona los hubiera acompañado hasta su mesa–. Fabio piensa que somos pareja de nuevo.

Jed la miró.

–¿A nosotros qué nos importa lo que pueda pensar o no?

Georgie se daba cuenta de que tenía razón, pero no podía dejar de sentirse incómoda.

–Gracias –sonrió al camarero cuando le sirvió el vino.

–¿Sabes, Georgie? –le dijo Jed, inclinándose hacia ella en la mesa–. No tienes buena cara. Creo que deberías ir al médico.

Georgie enarcó las cejas.

–¿No me dijiste antes que estaba estupenda? –le recordó Georgie con sequedad.

–Y así es –le confirmó Jed con impaciencia–. Es solo que...

–Jed, solo necesito comer –le dijo, y se colocó el menú delante de los ojos para no tener que mirarlo.

Estaba decidida a disfrutar de aquella noche. Estelle estaba mejorando. Pronto cesarían aquellas visitas diarias, y dejaría de ver a Jed tan a menudo. Tal vez después de aquella noche, tardaría algún tiempo en volver a verlo...

–Voy a tomar aguacate a la vinagreta y lenguado Dover –decidió antes de cerrar el menú–. ¿Y tú?

Jed también cerró el menú.

–Tomaré lo mismo que tú. Georgie...

–¿Brindamos por la completa recuperación de Estelle? –sugirió Georgie, levantando su copa.

Jed la miró irritado por su interrupción.

–Muy bien –dijo y su copa chocó contra la de Georgie.

Georgie dio un pequeño sorbo, y dejó la copa sobre la mesa.

–Está mucho mejor, ¿verdad? –comentó contenta.

La expresión de Jed se endureció.

–Estás deseando regresar con tu prometido, ¿verdad?

–Me imagino que tanto como tú a tu propia vida.

–Yo... –empezó a decir Jed, pero en ese momento llegó el camarero a preguntarles qué iban a tomar–. Dos aguacates a la vinagreta y dos lenguados...

–He cambiado de opinión –dijo de repente Georgie–. Tomaré cordero en vez del lenguado.

–¿Sabe Lawson que estás cenando hoy conmigo? –le preguntó Jed una vez se hubo marchado el camarero.

–No –respondió Georgie sin dudar.

Cuando Andrew asimiló la noticia de la ruptura, habían vuelto a hablar y habían decidido quedar como amigos. Pero Georgie ya sabía que esa amistad consistiría únicamente en ser educados el uno con el otro si se encontraban por casualidad. Le daba mucha pena perder a una persona tan cariñosa y amable como Andrew, pero sabía que no podía hacer otra cosa.

–¿Y se lo piensas decir?

–No –se limitó a decir Georgie.

–¿Por qué?

–Porque no tiene ninguna importancia para nuestra relación –dijo Georgie ocultando todavía la ruptura.

–Georgie...

–Jed, ¿por qué no disfrutamos de la velada? No merece la pena estropearla hablando de Andrew o... o de la persona que pueda haber en tu vida en este momento.

–Al contrario que tú, yo no tengo ni he tenido a nadie más en mi vida –le dijo con dureza.

Georgie abrió mucho los ojos, sorprendida. Por la vehemencia con la que había hablado sabía que estaba diciendo la verdad. Se preguntó por qué no habría habido ninguna otra mujer en la vida de Jed.

–No acabas de darte cuenta, ¿verdad, Georgie?

–¿Darme cuenta de qué?

El camarero llegó para servirles los platos, y la conversación quedó interrumpida.

–Esto tiene una pinta estupenda –dijo Georgie.

Jed se puso también a comer, aunque sin mucho interés, y dejó sin terminar lo que estaba diciendo.

–Está muy rico –dijo Georgie tras unos minutos de silencio. Un silencio que estaba haciéndose incómodo. Jed no parecía muy interesado en su comida, y lo único que hacía era cambiarla de sitio en el plato. Al ver a Jed tan distraído, a Georgie se le estaba quitando el apetito también–. Me pregunto por qué la comida sabrá siempre mejor en el restaurante que cuando la preparas en casa. Tal vez porque tengas que prepararla –se respondió a sí misma segundos después–. Después de hacer la compra y de cocinar, normalmente se me quita...

–¡Georgie... déjalo! –le ordenó depositando en la mesa los cubiertos y apartando el plato, desistiendo ya de fingir que estaba comiendo–. ¡No somos dos desconocidos en su primera cita! No tienes... no tienes que hablar de cualquier cosa para llenar los silencios incómodos.

–Lo siento –se disculpó Georgie, apartando también su plato del que no había comido mucho tampoco–. Tal vez esta cena no fuera una buena idea después de todo...

–¡Claro que fue una buena idea! Es solo que... –Jed tomó una de las manos de Georgie entre las suyas–. Georgie, no tienes ni idea de cuánto he deseado pasar una velada como esta contigo. Cuánto...

–Jed, déjalo –fue ella quién lo interrumpió. Lo miró sorprendida y se soltó la mano, tratando de hacer caso omiso al cosquilleo que sentía en ella–. No hay audiencia... al menos no una audiencia que nos importe –rectificó porque el restaurante estaba lleno–. No tienes que actuar delante de nadie. Al menos no de mí.

–¡No estoy actuando! ¡Maldita sea, Georgie! ¿No sabes... nunca te has dado cuenta de... de cuánto te...?

–¿Resulta todo de su agrado, señor Lord?

Georgie sintió lástima por Fabio, porque Jed le dirigió una mirada asesina.

–Usted... –fue a decir Jed.

–Todo está buenísimo –lo interrumpió Georgie, porque sabía que la réplica de Jed no iba a ser muy educada–. Gracias, Fabio.

El dueño del restaurante se retiró discretamente.

–¿Cuánto qué, Jed? –le preguntó Georgie, tratando de retomar la conversación interrumpida por Fabio.

Jed cerró los ojos un momento, y respiró profundamente.

–Tus sospechas de esta tarde respecto a Estelle fueron certeras. Admitió delante de mí que había sabido siempre que estábamos fingiendo una reconciliación.

Georgie lo miró sorprendida.

–No lo entiendo.

–Cuando se lo dije, estaba muy enferma. Al parecer, la noticia ayudó en su recuperación, pero al vernos a los dos juntos se dio cuenta enseguida de que no había habido reconciliación, de que estábamos actuando.

–¡Yo... tú... pero han pasado semanas desde entonces! –dijo Georgie con incredulidad–. Si lo ha sabido todo este tiempo, ¿por qué no ha puesto fin a la representación?

Jed apretó los labios.

–Por la misma razón por la que le mentí al principio. Por la misma razón por la que, en vez de llamarte por teléfono fui a buscarte a la casa de los Lawson. Por la misma razón por la que cada vez que te veo con Andrew siento deseos de darle un puñetazo. Por la misma razón por la que comí con Sukie Lawson...

–¡Jed, lo que dices no tiene ningún sentido! Ninguna de esas cosas tienen relación entre sí.

–¡Claro que tienen relación! –protestó Jed con impaciencia.

–No...

–¡Sí! Están relacionadas al cien por cien... ¡si tienes en cuenta que te amo! ¡De que siempre te he amado!

Georgie se quedó muda. Lo único que podía hacer era mirarlo.

Y seguir mirándolo...

Capítulo 13

FINALMENTE, cuando parecía que Jed no iba a añadir nada más a tan grotesca afirmación, Georgie respiró profundamente antes de responderle.

–¿Has estado bebiendo, Jed? No quiero decir ahora –se corrigió mirando la copa de vino casi entera que tenía él sobre la mesa–. Antes. Tal vez esa fuera la razón por la que estabas tan confuso a la hora de vestirte...

–No he estado bebiendo, ni antes ni ahora –afirmó Jed con contundencia.

–Pero...

–Georgie, ¿te resulta tan difícil creer que te amo?

–¿Difícil? Solo la idea me parece ya ridícula.

–¿Por qué piensas eso? –le preguntó, mirándola fijamente.

–Porque... –Georgie hizo una pausa para respirar profundamente y tratar de tranquilizarse un poco– si fuera verdad...

–Lo es –le aseguró Jed con sinceridad.

–Si fuera verdad –repitió–, ¿cómo puedes haber invitado a comer a Sukie Lawson?

–Para darte celos –admitió Jed.

Georgie pensó que lo había conseguido. Recordó que, al enterarse, hubiera deseado gritar a Jed y golpear a Sukie.

–Los mismos celos que tú me hiciste sentir respecto a Andrew Lawson –continuó Jed con dureza–. Cada vez que oía su nombre, me entraban ganas de golpear algo. Y cuando pensaba en vosotros dos juntos...

–Jed, Andrew y yo no tenemos ese tipo de relación –aclaró Georgie, que no quería malentendidos respecto a eso. La situación ya era bastante complicada de por sí.

Todavía no podía creerse nada de lo que le estaba diciendo Jed. Habían estado casados tres años y, durante ese tiempo, Jed nunca le había dicho que la amaba. A menos que hubiera descubierto esos sentimientos mientras habían estado separados... Enseguida pensó que no podía ser así porque había asegurado que siempre la había amado.

–Jed...

–¿Estás diciéndome que Lawson y tú no tenéis ningún tipo de relación física? –la interrumpió Jed.

Georgie se ruborizó.

–No tengo por qué darte ningún tipo de explicaciones acerca de mi relación con Andrew...

–Pero si acabas de hacerlo.

Georgie lamentó haberlo hecho.

–Jed, no sé por qué estamos teniendo esta conversación, y menos en un restaurante tan concurrido.

–No estoy de acuerdo contigo. Bueno, sí en lo que respecta al sitio –rectificó cuando el camarero llegó para quitarles los platos sucios discretamente–. Pero creo que esta conversación debíamos haberla tenido hace mucho tiempo. Hace cinco años, para ser más exactos.

«Cinco años... Hace cinco años estábamos casados», pensó Georgina. «Pero hace tres nos separamos», se recordó a sí misma, «porque Jed no me amaba y además estaba liado con otra mujer. Pude haber sido muy inocente hace dos años, pero ahora sé que su comportamiento no fue propio de un hombre que ama a su mujer».

Georgie lo miró con tristeza.

–Jed, nada ha cambiado en los últimos dos años...

–No estoy de acuerdo. Tú has cambiado. Tu abuelo me advirtió de que eras demasiado joven cuando nos casamos, de que necesitabas unos años más para madurar, para disfrutar de tu juventud. Pero yo no estaba dispuesto a esperar...

–Podía haber sido joven e inocente, Jed, pero incluso así me di cuenta de que mi matrimonio no funcionaba si mi marido estaba teniendo públicamente una relación amorosa con otra mujer –estalló.

–¿Con quién? –preguntó Jed, sorprendido.

–Con Mia Douglas –le recordó.

–¿Mia Douglas...? –repitió con cara de no saber de qué le estaban hablando.

Georgie sintió que se le llenaban los ojos de lágrimas. Pensó si la relación de Jed con aquella mujer habría sido tan poco importante para él como para que ni siquiera la recordara. Una relación que había destruido su matrimonio.

Tal vez lo que ocurriera era que Jed había pensado que ella no se había enterado de su lío con la actriz.

Recordó que hacía dos años, cuando Jed regresó de su supuesto viaje de negocios, se había encontrado con la casa vacía. Cuando la localizó en un hotel, Georgie se negó a hablar del asunto con él; insistió que su matrimonio había terminado, y no quiso escuchar nada de lo que alegaba Jed. Entonces, él le había preguntado si había otro hombre en su vida y Georgie había perdido los nervios y le había dicho lo que creía que había hecho él: que se había casado con él solo para complacer a su abuelo, pero que su incapacidad para tener hijos anulaba aquel arreglo por completo y daba por terminado su matrimonio.

Se preguntó cómo se atrevía ahora a fingir que nunca había tenido un lío amoroso con Mia Douglas.

–Mia Douglas, Jed –le dijo muy tensa–. Estoy segura de que la recuerdas. Alta, rubia y hermosa. Asististe a una cena benéfica con ella en Los Ángeles.

–Nunca he estado en Los Ángeles –respondió–, y que yo sepa solo he visto a Mia Douglas una vez. Estaba asistiendo a una cena en el mismo hotel de Hawái donde me encontraba yo, y había fotógrafos por todos los sitios molestando a los clientes... –calló un momento, y miró a Georgie con desconfianza–. No me digas que hace dos años me abandonaste por una maldita foto publicitaria de Mia Douglas y mía que no sé cómo fue a parar a los periódicos ingleses.

Georgie apenas podía respirar. Un intenso dolor en el pecho se lo impedía. Se preguntó si habría estado equivocada si, después de todo, no habría habido ninguna razón para abandonar a Jed, pero enseguida se dio cuenta de que sí la había habido. Jed se había casado con ella solamente para que mediante ese matrimonio se fusionaran las dos empresas hoteleras. Su lío amoroso con otra mujer era solo un motivo más para abandonarlo. Recordó que había estado a punto de morir de tristeza al verlo en aquella fotografía con otra mujer. Pero no había muerto, y en los últimos dos años había madurado mucho como persona, y se había convertido en una mujer independiente económicamente tras el éxito de su libro. Nada de lo que dijera Jed podría cambiar aquello.

–Te dejé hace dos años porque nuestro matrimonio había terminado, si es que alguna vez empezó –dijo con mordacidad, tomó su bolso y se levantó–. Del mismo modo en que me marcho ahora, si me excusas –se dio la vuelta, y echó a andar.

Jed no tardó mucho en reunirse con ella en la calle. Georgie habría preferido que no lo hubiera hecho porque no sabía cuánto tiempo iba a poder contener las lágrimas.

–Te llevo a casa, Georgie –le dijo con firmeza, antes de que ella pudiera pronunciar palabra.

Georgie miró hacia el restaurante.

–Fabio...

–Le he pedido disculpas, y he pagado la cuenta –le explicó con el ceño fruncido–. Con lo romántico que es seguramente piensa que nos vamos a casa para poder estar solos, y pasar el resto de la velada haciendo el amor.

–¡La última vez que eso pasó lo único que hicimos fue complicar todavía más las cosas! –exclamó Georgie.

–¿Qué quieres decir? –le preguntó Jed.

Georgie evitó su mirada inquisitiva.

–Nada –le respondió ella–. Mira, Jed, de verdad no necesito que me lleves a casa.

–Yo sí necesito llevarte. Déjame por lo menos quedarme con la tranquilidad de que te he dejado en casa sana y salva –dijo antes de buscar las llaves del coche en el bolsillo.

–Lo he conseguido durante los últimos dos años sin tu ayuda –le dijo Georgie.

Jed apretó la boca ante la indirecta, pero no dijo nada. Se limitó a abrir la puerta del copiloto para que entrara ella.

Georgie quería estar sola, pero no deseaba seguir discutiendo con Jed.

–Vale, de acuerdo –dijo antes de entrar en el coche.

Pero cuando Jed entró no puso el motor en marcha inmediatamente, sino que se volvió hacia ella en la semioscuridad del interior del coche.

–Georgie, para mí hacer el amor contigo hace cuatro semanas fue como morir e ir al cielo.

Georgie tembló. No estaba segura de cuánto tiempo iba a poder seguir conteniendo sus emociones. Era duro, mucho más de lo que había imaginado. Se preguntó cómo iba a poder seguir luchando contra él si le decía cosas como aquella. Pero tenía que hacerlo, seguir hacia delante, no retroceder. Y su futuro no incluía a Jed.

–Te amo, Georgie. Te amé desde el primer momento en que te vi –continuó con voz ronca–. Eras como la hermanita que nunca tuve y nunca tendré. Me acuerdo de que tenías ocho años, y eras una larguirucha pelirroja –recordó con cariño.

–Y yo adoraba la tierra que pisabas –dijo Georgie un poco a su pesar.

Jed sonrió.

–Si con eso quieres decir que me aceptaste incondicionalmente, supongo que será verdad. Tú fuiste la primera persona que lo hizo.

–¿Y Estelle?

–Me quería mucho, pero no de manera incondicional. Yo era el hijo de la hija que la había abandonado...

–¡También te había abandonado a ti! –dijo Georgie, pensando en lo terrible que debía de ser que te abandonara tu propia madre, como le había pasado a Jed.

–Sí –suspiró Jed–. Pero Estelle estaba siempre atenta a que pudieran aparecer en mí signos de inestabilidad emocional. No estaba segura de que no fuera a abandonarla también al convertirme en adulto. Mientras que tú... tú siempre estuviste segura de que iba a cumplir mis promesas. Cuando cumpliste los dieciocho estaba completamente bajo tu encanto. Profundamente enamorado de ti.

A Georgie le costó tragar saliva.

–¡Pero nunca me lo dijiste...!

–No me atrevía –le confesó Jed–. Mi madre me abandonó cuando solo tenía cuatro años. Mi abuela me quería, pero no confiaba en mí plenamente. Temía que fuera a abandonarla de mayor. No me atrevía a decirte cuánto te quería. Yo... temía decírtelo... Pensaba que sufriría menos, si me abandonabas. Cometí un error, lo siento.

Georgie pudo entender entonces cómo el abandono de su madre podía haberle hecho perder la confianza en el resto de las mujeres que decían amarlo. Pero al mismo tiempo, temía creer que fuera verdad lo que estaba diciéndole. Porque de ser verdad...

–Y supongo que esta declaración de amor no tiene nada que ver con el «acuerdo» al que llegaste con mi abuelo –le recordó, acusadora.

–Lo mencionaste hace dos años, y no tenía ni idea de lo que estabas hablando. Menos todavía la tengo ahora. Lo único que le prometí a tu abuelo hace cinco años fue que no iba a agobiarte con el amor que sentía por ti, que iba a dejarte madurar. Por supuesto deseaba que lo hicieras siendo todavía mi esposa, pero... –Jed suspiró–, está claro que has logrado tus ambiciones en estos dos años sin estar conmigo.

–También podía haberlo hecho siendo tu mujer –le dijo con suavidad–. Yo... mi abuelo parecía pensar que nuestro matrimonio era un acuerdo de negocios –dijo, pero ya menos segura de la acusación. Se preguntó si habría malentendido a su abuelo hacía dos años.

–Por supuesto que no Georgie. Si de verdad crees eso, renunciaré a mis derechos en el grupo L&J... y me abriré camino yo solo

–¿De verdad harías eso?

Jed asintió.

–No digo que vaya a ser fácil, pero... sí. Lo haré si con ello vas a creerme de una vez por todas cuando te digo que te amo. Sin ti... Georgie... –se le quebró un poco la voz– mi vida no tiene sentido.

Georgie no podía creerse que le estuviera diciendo todas aquellas cosas de verdad. Pero la expresión inflexible de su rostro le decía que no mentía.

–La ambición de mi vida es estar contigo, Georgie. Simplemente para amarte y estar a tu lado –le dijo con claridad.

Georgie pensó que necesitaba tiempo para asimilar todas las cosas que le había dicho Jed aquella noche. Sobre todo necesitaba tiempo para aceptar que él la amaba de verdad, y siempre la había amado.

–¿Puedes llevarme a casa, Jed? –le preguntó Georgie con suavidad.

–Yo...

–Por favor –volvió a insistirle.

Se quedó mirándola largamente, y después asintió con la cabeza.

–Por supuesto –aceptó tenso. Puso en marcha el motor del coche, y se dirigió hacia el apartamento de Georgie.

Georgie se apoyó en el respaldo de su asiento, y cerró los ojos. Pensó en lo ocurrido aquella noche, y trató de sacar conclusiones de cuanto le había dicho Jed. La única conclusión que pudo obtener fue que la amaba. En cuanto al «acuerdo» entre Jed y su abuelo, había sido hecho solo porque Georgia temía que el amor tan intenso que Jed sentía por ella fuera a anular la personalidad de Georgie. Su abuelo la quería y por eso había pedido a Jed que actuara con ella con precaución.

Jed la amaba.

Siempre la había amado.

Siempre la amaría.

No necesitaba saber nada más.

Pero tenía que hacerle varias confesiones. Se preguntó cómo reaccionaría Jed al menos a una de ellas...

Capítulo 14

QUIERES subir a tomar un café? –ofreció Georgie con timidez, una vez que Jed hubo aparcado el coche a la entrada de su bloque de apartamentos.

–Me encantaría subir, pero nunca tomo café a estas horas de la noche.

–No pasa nada –dijo Georgie una vez fuera del coche–. Yo tampoco.

La invitación de Georgie no tenía nada que ver con la taza de café que le había ofrecido. Debían hablar de muchas cosas, pero todas ellas tenían que estar basadas en que ella aceptara que Jed la había amado siempre, y eso era algo que todavía le resultaba difícil de creer.

–Georgie...

–Sube conmigo, Jed –le sugirió, y esperó a que saliera del coche para acompañarla.

No pronunciaron una palabra al entrar en el portal ni mientras subían en el ascensor, pero pudo sentir la tensión que había entre ellos. Supo que Jed estaba tan nervioso como ella por lo que podría pasar en los minutos siguientes.

Lo primero que hizo Georgie al entrar en casa

fue quitarse los zapatos. Enseguida se volvió hacia Jed con las cejas enarcadas preguntando en silencio a qué se debía el sonido que él había emitido.

–Hacía años que no te veía hacer eso –le aclaró Jed–. Siempre solías quitarte los zapatos en cuanto llegábamos a casa, después de haber salido por la noche.

Georgie se ruborizó. Era una costumbre de la que no se había dado cuenta. Pero estaba claro que Jed sí...

–Supongo que te irritaría –dijo Georgie.

–Georgie, nada de lo que has hecho me ha irritado nunca ni creo que lo hará –añadió con suavidad.

Georgie tuvo que apartar la mirada de aquellos hermosos ojos plateados.

–Si no quieres café, ¿puedo servirte un whisky?

–No, gracias. Quiero estar sobrio para cuando reciba la sentencia del verdugo.

–¿El qué? No seas tonto, Jed. Por cierto, antes mencionaste que la abuela no había querido decirnos que estaba al tanto de la mentira de nuestra reconciliación. ¿Sabe que tú...? ¿que tú...?

–¿Que te quiero? Pues claro, Georgie. Tú pareces haber sido la única que no se ha dado cuenta de ello.

Georgie pensó que era muy joven cuando se habían casado hacía cinco años. Y muy inmadura. Una mujer mas madura se habría dado cuenta de que la reticencia de Jed a decirle que la amaba se debía tan solo a que era la única forma de protegerse que le quedaba.

–Ya. He sido una estúpida, ¿verdad, Jed? –cerró los ojos un momento–. Estúpida y egoísta. Me sentí tan confusa cuando el abuelo mencionó el «acuerdo» al que habíais llegado. Pensé que se trataba de parte de un negocio entre vosotros. Y por ese malentendido me he negado a hablar con el abuelo desde hace dos años.

–Estoy seguro de que si se lo explicas...

–Voy a hacer más que eso –le aseguró con lágrimas en los ojos–. Todo este tiempo solo ha estado intentando protegerme... como siempre lo ha hecho. Cuando lo vea mañana, le pediré mis más humildes disculpas por haber dudado de él.

Jed sonrió.

–Estoy seguro de que las aceptará encantado.

–Jed, me preguntaste antes si le había dicho a Andrew que iba a cenar contigo...

–Sí, y tú me dijiste que no era asunto mío.

–Ya no tengo la obligación de decirle nada a Andrew –confesó Georgie–. Jed... yo... rompí mi compromiso con Andrew hace cuatro semanas.

–¡Cuatro semanas! –Jed se puso muy derecho en su silla, y se quedó mirándola fijamente–. Pero...

–Al día siguiente de que hiciéramos el amor –le dijo confirmando lo que por su expresión sabía que Jed estaba pensando.

–¿Por qué? –le preguntó Jed.

–Bueno, por un lado habría sido una equivocación no hacerlo. Por otro... –dudó porque había cosas en su pasado que todavía le dolían al recordarlas, pero tenía que ser sincera con Jed porque él le había desnudado su alma aquella noche–. Jed, cuando nos casamos, hace cinco años, estaba muy enamorada de ti...

–Lo sé –dijo Jed con voz ronca–. Pero tenía tanto miedo de perderte que no me atrevía a decirte que sentía lo mismo por ti. Esperaba poder estar demostrándotelo cuando hacíamos el amor...

–Y así era –dijo Georgie que, ya más madura, se daba cuenta de que era exactamente lo que había hecho. Lo mismo que había ocurrido hacía cuatro semanas cuando habían vuelto a hacer el amor.

Antes me dijiste que había cambiado en estos dos años.

–Y es verdad –le respondió él con admiración.

–Hay una cosa en mí que no... ha cambiado, Jed. Te amé hace cinco años y te amo ahora. Tal vez mucho más de lo que te amaba entonces. No solo rompí mi compromiso con Andrew porque habíamos hecho el amor, sino porque no podía casarme con él si seguía enamorada de ti.

–¿De mí? –dijo Jed en voz baja.

–De ti –le dijo con ternura–. Oh, Jed, te quiero tanto –le confesó, y tras ponerse de rodillas al lado de la silla en que estaba sentado Jed, le tomó una mano–. Te amo –repitió emocionada.

Jed la tomó en sus brazos, la miró unos segundos y después la besó apasionadamente.

Amor. El amor había estado allí todo el tiempo. En cada caricia de Jed, en cada beso. La diferencia entre hacía cinco años y aquel momento era que ahora ella lo sabía con cada fibra de su ser.

–¿Quieres casarte conmigo? –le preguntó Jed mirándola a los ojos.

–Sí –aceptó ella–. Y pronto.

Jed la abrazó.

–Quiero que esta vez sea diferente, Georgie. Quiero cortejarte a la vieja usanza... Te enviaré flores, saldremos juntos. Quiero que no tengas la menor duda de lo que siento por ti...

–Creo que podré aguantar una semana de cortejo –le dijo con una sonrisa maliciosa–, pero no más.

Jed le acarició el cabello con la mano temblorosa.

–No quiero que te precipites a hacer nada, Georgie –le explicó–. Esta vez tienes que estar muy segura porque, en cuanto vuelvas a convertirte en mi esposa, no pienso dejarte escapar. Si te dejé marchar una vez fue porque tu abuelo me aconsejó que lo hiciera, porque tal vez regresarías sabiendo más lo que querías.

Georgie encontró bastante lógico ese razonamiento, pero pensó en la sorpresa tan desagradable que se habrían llevado al ver anunciado en el periódico su compromiso matrimonial con Andrew...

–Estoy segura de que no querré nunca volver a abandonarte, Jed –le aseguró Georgie–. Te quiero,

Jed, y siempre te querré. Además creo que sería agradable para nuestro hijo o hija que ya estemos casados cuando nazca. ¿No te parece?

–¿Nuestro hijo o hija...? –repitió Jed, mirándola sin entender nada.

–Antes me dijiste que no tenía buena cara, y me aconsejaste ir al médico –le recordó radiante de felicidad–. Pues hace dos días fui a uno, y me dijo que voy a tener un hijo. Nuestro hijo, Jed –le confirmó emocionada–. ¡Nuestra posibilidad en un millón se ha hecho realidad, y nacerá dentro de ocho meses!

–Pero... yo... tú...

Georgie se echó a reír al ver lo aturdido que estaba Jed.

–Es verdad, Jed –le aseguró–. ¡Estamos embarazados!

–¡No me lo puedo creer! –dijo cuando por fin pudo hablar.

–Tampoco yo podía creérmelo, pero el médico me dijo que no había ninguna duda –afirmó Georgie con una sonrisa en los labios.

Había ido al médico porque no se encontraba bien: tenía náuseas, a veces estaba mareada y no tenía apetito. Cuando el médico le dijo que tenía todos aquellos síntomas porque estaba embarazada, había estado a punto de caerse de la silla. Tras preguntarle si estaba seguro, le había hecho una prueba que había confirmado su diagnóstico.

Georgie se había sentido en el séptimo cielo durante los dos últimos días, aunque le había preocupado poder compartir su secreto con Jed. Pero ahora ya podía.

–Es verdad, Jed –le dijo–. El repentino cambio que he hecho en el restaurante pidiendo cordero ha sido porque, de repente, solo pensar en el pescado me ponía enferma. Estoy embarazada, Jed, y no podría ser más feliz.

Jed seguía mirándola como aturdido, sin poderse creer que aquello fuera real.

Georgie se apretó contra él para darle seguridad. Después de todo, ella había tenido cuarenta y ocho horas más para hacerse a la idea, y aun así se pellizcaba de vez en cuando para asegurarse de que no estaba soñando.

–Estoy deseando ver la cara de mi abuelo cuando le digamos que vamos a hacerle bisabuelo –dijo Georgie y pensó que, tal vez, esa alegría le compensaría por lo mal que se lo había hecho pasar ella al haberse negado a verlo durante dos años–. ¿Qué quieres, Jed, un niño o una niña?

Jed tragó saliva. Los ojos le brillaban de felicidad.

–Me da lo mismo, siempre que los dos estéis bien –consiguió decir al fin–. ¡Pero si es un niño, no pienso llamarlo Jeremiah!

Georgie se echó a reír.

–Siento haberte tomado el pelo con tu nombre aquella noche –dijo Georgie–. Estoy seguro de que podremos encontrar nombres más bonitos que los nuestros. Después de todo, tenemos ocho meses para pensarlo.

Jed la apretó más contra su cuerpo.

–Y toda una vida para disfrutar. Te quiero mucho Georgie, y estoy dispuesto a decírtelo muy a menudo en el futuro.

Georgie pensó que lo raro era que ahora que sabía que Jed la amaba, las palabras no tenían la menor importancia...

Pero al mismo tiempo se alegraba de que, finalmente, se sintieran lo bastante libres como para decirse esas palabras el uno al otro.

Una alegría que Georgie estaba segura de que duraría toda la vida. Una vida que iban a pasar juntos.